Klaus Steinvorth

Das Feuer

Eine Erzählung

Kinder sind Menschen, die mit Lügen erzogen werden, die Wahrheit zu sagen Rudolf Rolfs

Herstellung und Verlag:
BoD – Books on Demand, Norderstedt
ISBN 978-3-8482-2583-5

1. Hans

Es passierte, als er Fußball spielte. Er wollte nicht, weil er kein guter Spieler war, aber er konnte sich schlecht ausschließen, weil ein Junge fehlte, um die Mannschaften gleich stark zu machen. Außerdem war es der erste Tag der Osterferien und er hatte nichts Besonderes vor. Also nickte er, als Volker Wiese, sein Banknachbar, ihn fragte. Und dann kam es. Zuerst merkte er es nicht, weil es ein heißer Tag war. Überall brannte es wie Feuer, von außen und von innen, wo er das Ziepen und Ziehen nicht beachten wollte. Bis er einen Stich spürte, eine Nadelspitze, die zwischen seine Beine fuhr und sein Weiterspielen unmöglich machte. Er hoffte, weil der Druck auf seine Blase zunahm, dass der Schmerz mit dem Pinkeln nachlassen würde, aber es war eher eine schwache Hoffnung, weil mit dem geringsten Drücken schon ein schneidendes Brennen einsetzte.

Er lief vom Feld und stellte sich hinter einen Busch und bat Gott um Erleichterung. Doch die Erleichterung kam nicht, es kamen nur ein paar Tropfen und die auch nur mit brennenden Schmerzen. Wenn er weiter drückte, fuhr es siedend heiß hoch, und dabei musste er so dringend. So weh hatte es ihm noch nie getan.

„Oh Gott, ich kann nicht!", rutschte es ihm heraus und er biss sich auf die Zunge. Er wollte nicht, dass es Volker Wiese mitbekam, der ihm gefolgt war, weil er auch musste.

„Was kannst du nicht?", fragte der.

„Das nicht!" Hans zeigte auf das, was er gerade machte.

„Warum nicht?"

Wie konnte man nur so dumm fragen? Aber so war es immer: Wenn man richtig schlimme Schmerzen hatte, verstand das keiner. Weil man sie nur allein hatte. Das wusste Hans schon: Schmerzen machten schrecklich allein. Darum hatte es keinen Zweck, darauf zu antworten. Er knöpfte schnell den Hosenschlitz zu und wollte sich auf sein Fahrrad setzen, als er merkte, dass es nicht ging. Es hätte seine Blase zum Platzen gebracht. Die war schwer wie das pralle Euter einer Kuh. Er schob das Rad. Wie lange konnte er das noch aushalten?

„Wo willst du hin?" Das war wieder Volker Wiese!

Er wollte nicht, er musste, dachte Hans, konnte aber schon nichts mehr sagen. Der Schmerz verlangte seine ganze Kraft. Ihn bloß nicht größer werden lassen, war sein einziger Gedanke. Zu Hause im Bett liegen, nichts tun, dachte er weiter. Dann schlafen und auf den nächsten Morgen hoffen, wo alles vorbei wäre.

Zu Hause sah Omi mit einem Blick, dass etwas nicht stimmte. „Jessas! Jedutmaria!" schrie sie entsetzt. „Was haste denn?"

„Ich kann nicht!" Er zeigte zwischen seine beiden Beine.

„Jeschinna! Du meenst, du kannst nech pullen?"

Er nickte schnell. „Ich muss aber!"

Sie wischte sich den Schweiß von der Stirn. „Jedutmaria!" Dann schüttelte sie den Kopf. „Nee, nee! Jo, jo! Es ies aso!" Das sagte sie immer, wenn sie überlegte. „Bee der Blase helft n heeßer Weckel. Du leechst dech hin, uff'n Rücken un zählst de Fliegen uff de Wand!"

Das war ihm sehr recht. Bloß Ruhe und keine Aufregung! Er legte sich auf das Bett, knöpfte Hemd und Hose auf, weil er schwitzte, aber alles brachte keine Erleichterung. Er hörte, wie in der Küche das Wasser kochte und Schranktüren klappten. Dann kam Omi mit einer heißen Tuchrolle, die noch feucht war. Die sollte er an die Stelle legen, wo es ihm weh tat. „Du saachst mer, ob es besser werd."

Es wurde nicht besser. Zuerst dachte er, er müsste nur länger warten, wie eine Medizin am Anfang ja auch bitter schmeckte, aber es nützte nichts. Und er wusste genau, dass es nicht nützen konnte. Denn was jetzt mit ihm geschah, war die Strafe Gottes. Er war unkeusch gewesen, hatte mit dem gespielt, was jetzt so weh tat. Ein jeder Junge musste aber rein bleiben, das machte seine Ehre, seinen Stolz aus, hatte der Pfarrer gesagt, gerade in dieser schweren Zeit, wo der Feind sich schamlos und unzüchtig zeigte. Und so musste er diese höllische Strafe erleiden, die ein Vorgeschmack von dem war, was ihn erwarten würde, wenn er seine Todsünde nicht bereute und beichtete. Aber er konnte noch nicht beichten, und das machte die Sache so schlimm, weil seine Erstkommunion erst am Sonntag nach Christi Himmelfahrt war, und am Tag zuvor, also am Sonnabend, würde er zum ersten Mal zur Beichte gehen. Jetzt hatten sie noch nicht mal Ostern.

Er konnte Gott nur flehentlich bitten, ihn vorher nicht sterben zu lassen. Denn dann würde er in die Hölle müssen.

Es wurde unten noch heißer und praller, es war wie ein Ballon, der sich aufblähte und platzen wollte. Jetzt tat jede Bewegung weh. Er rief Omi: „Es wird schlimmer!"

Sie rang die Hände: „Jedutmaria! Was machn mer da?" Sie schlug sich an den Kopf und rannte auf die Straße ins Nachbarhaus. Dort wohnte die alte Frau Cholewa, die Krankenschwester gewesen war. Die kam nach einigen Minuten angeschlurft, warf einen kurzen, eher mürrischen Blick auf Hans. „Zeig mal deinen Pimmel!"

Er nestelte ihn heraus, der bläulich angeschwollen war. So groß hatte er ihn noch nie gesehen.

„Sie haben einen heißen Wickel gelegt?!", rief Frau Cholewa entsetzt. „Da haben Sie die ganze Sache nur verschlimmert! Wissen Sie nicht, dass heiße Wickel eine Gefäßerweiterung bewirken und die Durchblutung verstärken?!"

6

Omis Gesicht rötete sich. „Bei mer helft es emmer!"

„Bei einer Blasenentzündung, ja. Aber das hier ist eine Phimose!"

Omi wich erschreckt zurück, als hörte sie ein gefährliches Wort.

„Eine Verengung der Vorhaut, die bei uns Frauen freilich nicht vorkommt."

Omi warf sich in die Brust. „Ich hab fünf Kinder großgezogn, darunter zwee Jungen. Se bruchn mech nech zu belehrn!"

Frau Cholewa nickte nur und sagte dann besorgt: „Der Junge braucht einen Arzt. Welchen haben Sie?"

„Dukter Lautermann."

„Den müssen wir anrufen."

Es gab vor dem Tabakladen der Frau Kreut einen öffentlichen Fernsprecher. Aber Omi mochte nicht telefonieren. Sie konnte nicht mehr gut hören und schrie in die Sprechmuschel, als sollte man sie auch ohne Telefon verstehen. Wenn man sie darauf ansprach, war sie beleidigt. Man durfte nicht einmal das Wort „Telefon" in ihrer Gegenwart nennen.

Das wusste Frau Cholewa, deshalb rannte sie nach draußen. „Ich rufe Dr. Lautermann an."

Aber der Arzt konnte nicht kommen. Es war zu einem Feldlazarett gerufen worden, weil es ein großes Manöver gab. Auf Frau Cholewas Gesicht perlte der Schweiß. „Du musst wieder pinkeln können."

Das hätte Hans gern.

Sie seufzte, ging fort und kam nach einer Weile zurück. „Jetzt machst du die Augen zu und hältst die Luft an!"

Weil sie Omi ein Zeichen machte, ihn von hinten festzuhalten, riss Hans die Augen auf. Eigentlich konnte er sich auf Omi verlassen, weil sie auf seiner Seite stand, wenn es Streit mit Muttel gab. Aber hier hatten sie etwas vor, was gefährlich für ihn war. Frau Cholewa versteckte etwas hinter ihrem Rücken, mit der anderen Hand hob sie seinen wehrlosen Pimmel. Plötzlich blitzte die Spritze auf und stach mitten hinein. Hans war vor Wut und Enttäuschung gelähmt. Wie konnte sie so gemein sein und ihn so reinlegen! Jetzt würden die Schmerzen ihn zerreißen. Als er schreien wollte, merkte er überrascht, dass die Hitze von ihm abfloss. So musste es bei einem Blitzableiter sein, der das Feuer in die Erde fahren ließ. Frau Cholewa tätschelte ihm die Wange. „Brav, mein Junge! Aber du musst ins Krankenhaus."

Der Krankenwagen kam erst spät in der Nacht. Muttel war inzwischen von der Arbeit zurückgekehrt und hielt ihm die Hand und wollte sich nicht beruhigen. Omi lief wie eine aufgescheuchte Henne durch das Haus. Sie waren so um ihn bemüht, dass es lästig wurde. Denn er hatte kaum mehr Schmerzen. Er konnte wieder das, was Omi „pullen" nannte. Das Wort mochte Muttel nicht und schimpfte jedes Mal, wenn sie es hörte. Bei ihr hieß es: „Aufs Klo gehen."

Er war froh, als der Krankenwagen kam. Er brachte ihn mit Muttel in das Krankenhaus, wo sie ihn zum Schlafsaal der Kinder begleitete. Es war schon dunkel, nur das Notlicht flimmerte rot, aus allen Ecken stieg Schnarchen und Stöhnen hoch. Man zeigte ihm das einzige freie Bett und Muttel schien sich neben ihn legen zu wollen. Sie hatte Angst, ihn allein zu lassen. Die hatte er nun wirklich nicht. Er hatte höchstens Angst, dass man von den benachbarten Betten sehen würde, wie er bemuttert wurde. Weil Vater Flieger war und sich nie zu Hause zeigte, glaubte alle Welt, dass sich nur Muttel und Omi um ihn kümmerten.

„Schlaf schön!", sagte sie schließlich. „Wenn du Angst hast, denk an uns. Wir sind immer bei dir!"

Es wäre ihr nicht recht gewesen, hätte sie gewusst, dass er keinen Gedanken an sie oder Omi verschwendete. Denn er schlief sofort ein. Allerdings hatte man ihm bei der Aufnahme ins Krankenhaus gleich eine Spritze gegeben.

2. Jan

Als er morgens aufwachte, keuchte und hustete es neben ihm. Er sah wirre Haare und eine geballte Faust, die gegen das Bettgerüst schlug, so dass es schepperte. Der Junge lag mit dem Rücken zu ihm und knirschte manchmal mit den Zähnen. Dann sprach er wütend in das Kissen unverständliche Worte. Über dem Kopfende las man auf einem Schild den Namen und das Geburtsdatum: „Jan Kaminski, geboren am 4.1.1929." Dann war er zehn Jahre alt, genau so alt wie Hans.

Als der Pfefferminztee mit dem Marmeladenbrot zum Frühstück gebracht wurde, sah Jan ihn an. Die großen Augen leuchteten unruhig aus dem blassen Gesicht. Als ob sie ihn abtasten wollten. „Warum bist du hier?", krächzte er.

Hans wollte es nicht sagen, er konnte es nicht sagen. Schon bei dem Gedanken brach ihm der Schweiß aus den Poren. Bei den Ärzten ging es nicht anders. Sie fragten und er musste antworten. Aber freiwillig darüber reden? Nie! Und hier war ein fremder Junge. Was sollte er von ihm denken? So sagte er, weil Jan auf seine Antwort wartete, dass er einen Leistenbruch hatte. Der kam vom Gewichtheben. Oh ja, versicherte er, das tat er regelmäßig und hatte schon ein paar Pokale gewonnen. Keiner würde es ihm zutrauen, er wusste ja selbst, dass er nicht danach aussah, aber dann wunderten sich alle, dass er die schweren Hanteln schaffte.

Hans hatte noch nie Hanteln gestemmt, wenn er auch gerne stark und muskulös gewesen wäre, aber er sah, wie Jan ihm gespannt zuhörte. Leicht kam man in eine Sache rein, aber schwer wieder raus, das hatte er schon oft gemerkt. Jetzt forderte Jan ihn auf, seine Muskeln zu zeigen. Hans winkte ab. Es kam nicht auf die Muskeln an, sondern auf das Knochengerüst. Das musste das schwere Gewicht tragen. Jetzt wäre er natürlich im Trainingsrückstand, aber das holte er nach. Und er redete weiter von seinem Trainer und den Übungseinheiten, bis er es selbst halb glaubte. Jan glaubte es ganz, das war deutlich. Seine Augen leuchteten mild, beinahe zufrieden. Dann schloss er sie und schlief ein. Wobei er wieder ächzte und stöhnte und sich von einer Seite auf die andere warf.

Er hatte etwas mit dem Herzen und war schon mehrmals operiert worden, sagte die Schwester. Es wäre nicht leicht mit ihm, weil er immer das Schlimmste befürchtete. Hans sollte ihm gut zureden.

Nach dem Essen fragte ihn Jan, was er machen würde, wenn er sterben müsste.

Hans erschrak. Daran wollte er nicht denken. Er war doch hier, damit er gesund nach Hause kam.

„Wenn du aber weißt, dass du sterben musst!"

„Nein, du stirbst nicht!", beruhigte er ihn. „Alle Ärzte wollen, dass du gesund wirst."

Jan schüttelte störrisch den Kopf. „Mein Stiefvater ist Arzt und der will, dass ich sterbe."

Hans riss die Augen auf. Der Junge war verrückt, da gab es keinen Zweifel. Man konnte hier aber auch leicht verrückt werden. Es gab hier Kinder, die schrien und wimmerten Tag und Nacht. Da drehte man schnell durch. Er war ja auch kurz davor.

Er merkte, dass Jan ihn erwartungsvoll ansah und wusste, dass er ihn nicht reizen durfte. Wer weiß, was dann passierte? So sagte er vorsichtig, dass man so was nur glaubte, wenn es einem schlecht ging. Bald würde es ihm besser gehen und dann dachte man nicht mehr daran.

„Mir geht es aber nicht besser!", rief Jan aus. „Mein Stiefvater hat mich vergiftet. Darum muss ich sterben!"

Er ist eben verrückt, dachte Hans. Ich wusste es ja gleich.

Jan hob den Kopf, der rot geworden war. „Du glaubst mir nicht. Keiner glaubt mir!" Er hustete und keuchte und wollte nicht aufhören. Schließlich drehte er ihm den Rücken zu und vergrub sein Gesicht im Kopfkissen. Ein Zucken durchlief seinen Körper und dann schluchzte er. Er tat Hans leid.

„Doch!", rief er. „Ich glaube dir!"

Aber Jan sagte nichts mehr. Er ließ sein Gesicht im Kopfkissen.

Nachdem die Schwester Pfefferminztee mit Brei gebracht hatte, drehte er sich zu Hans um. Er wollte ihm sagen, warum sein Stiefvater ihn vergiftet hatte. Weil er Arzt war, Militärarzt, ganz hoher Offizier, und deshalb konnte er einen Menschen kaltmachen, ohne dass die Polizei es merkte. Der perfekte Mord! Wenn er es einem Menschen zutraute, dann ihm. Er konnte freundlich tun und lächeln, aber nie lachen! Er war immer ernst und streng. Und wenn ihm etwas nicht passte, brüllte er los, mit Augen wie Feuer. Ein Herz aus Stein, das hatte er.

Jan fasste sich an die Brust und stöhnte. Der hatte ihn vergiftet und darum war sein Herz so kalt. Seinen richtigen Vater hatte er auch vergiftet, darum wollte er nicht bei ihnen bleiben. Er wollte ja nicht sterben! Und wenn seine Schwester nicht aufpasste, würde er sie auch vergiften. Nur seine Mutter hatte keine Ahnung. Die hatte den Arzt geheiratet.

Seine Augen glühten und sein Gesicht brannte. Hinter ihm griff der Baum mit langen Fingern durch das Fenster. Gleich würde er sie ihm auf den Mund legen, damit er nichts mehr sagte. Wer so log, durfte nicht weiterreden! Er sprach schlecht über die Eltern, das war eine Sünde, selbst wenn es der Stiefvater war. Hoffentlich drehte sich Jan nicht um und sah, was der Baum mit ihm machen wollte! Hoffentlich schwieg er und schlief wieder ein. Aber es flackerte lichterloh in seinen Augen. „Die Rache kommt!", drohte er. „Wohin er auch flieht, es wird ihn erwischen!"

Hans hielt es nicht aus und hustete und keuchte ebenfalls. Es war so stickig geworden, dass er das Gefühl hatte, keine Luft zu bekommen. Außerdem sollte Jan nicht glauben, dass er nur allein eine schwere Krankheit hatte.

Jan sah ihn düster an. „Was glaubst du, wohin ich komme, in den Himmel oder in die Hölle?"

„In den Himmel natürlich!", antwortete Hans schnell. „Das ist so sicher wie das Amen in der Kirche!"

Jan war nicht überzeugt. „Und wenn ich in die Hölle komme?"

„Nein, auf keinen Fall!", rief Hans aus. „Alle Kinder kommen in den Himmel!"

Hans schöpfte Hoffnung. „Meinst du wirklich?"

„Sicher! Das sagt der Pfarrer und Jesus auch: Lasst die Kinder zu mir kommen!"

Jan sank erleichtert in sein Kissen zurück. „Das ist gut!", murmelte er.

„Aber du darfst nicht an Rache denken!", konnte Hans nicht umhin ihn zu mahnen. Er bereitete sich für die Erstkommunion vor. Da hatten sie darüber gesprochen.

„Ich denke nicht daran!", stöhnte Jan. „Es kommt so

über mich."

„Schick ein Stoßgebet an Jesus! Das hilft", riet Hans.

„Wie weiß ich das?", jammerte Jan. „Ich krieg ja keine Antwort!"

Plötzlich fing er an zu weinen. Er ließ sich nicht beruhigen, hörte gar nicht hin, tat so, als ob keiner da wäre, der ihn trösten konnte. Sein Bett wurde vom Deckenlicht nur halb beleuchtet, er hatte sich in die dunkle Stelle verkrochen. Die Krankenschwester sagte, dass er noch einmal operiert wurde. Es war nicht schlimm, aber er hatte natürlich Angst.

Hans hatte auch Angst vor seiner Operation, obwohl er es natürlich nicht zugab. Als sie ihn holten und zum Operationssaal rollten, drehte er sich zu Jan um und hob den Arm zum Hitlergruß. Keiner sollte ihm nachsagen, dass er ein Feigling war. Schließlich war sein Vater Jagdflieger und der war kein Feigling. Aber als sie ihm ein Tuch über das Gesicht legten, bat er lieber Jesus, ihm gnädig zu sein.

Als er aufwachte, lag er wieder in seinem Bett. Sein Blick fiel auf den Klebestreifen, der von der Decke hing. Dort zappelten sich die Fliegen zu Tode. Warum warnten sie ihre Mitfliegen nicht, warum wussten die nichts von der tödlichen Gefahr? Denn die landeten seelenruhig neben sie und zappelten genau so hilflos. Was die anderen nur noch stärker anzog, der Streifen war bald schwarz von Fliegen.

Er hörte, wie Jan sprach, was so unerwartet kam, dass er erschrak. „Du bist sicher, dass ich in den Himmel komme?"

Hans war noch ziemlich benommen von der Operation und froh, nur Ja sagen zu können.

„Aber ich darf nicht an Rache denken?"

„Ja."

„Dann musst du mir helfen."

„Ja."

Am Nachmittag kam sein Stiefvater. Den sollte er sich genau angucken und ihm dann sagen, ob er nicht auch glaubte, dass er ein Giftmörder war, an dem man sich rächen musste.

Für Hans war klar, dass er das nicht sagen würde, aber zum Glück brauchte er jetzt nicht darüber zu reden.

Der Stiefvater trat mit zwei weiteren Ärzten ein. Er trug eine leuchtend blaue Uniform und auf der Schulterklappe die Arztschlange. Er redete und die beiden Krankenhausärzte hörten zu. Der eine stand stramm und sagte immer: „Jawohl, Herr Stabsarzt!" Das Gesicht des Stabsarztes war streng und drohend, sein Haar schnurgerade gescheitelt, sein Blick wie glühende Kohlen. Hans konnte ihn nicht ansehen, er hatte Angst vor ihm und verstand Jan. Er schaute erst wieder hoch, als er das Gefühl hatte, der Blick ging nicht mehr in seine Richtung.

Jetzt stand er zum Glück mit dem Rücken zu ihm und redete auf Jan ein. Der hatte den Kopf weggedreht und wollte nichts hören. Sein Stiefvater regte sich deshalb nicht auf. Er brüllte nicht los, sondern redete sehr freundlich weiter. Doch selbst von hinten sah er gefährlich aus. Als ob eine schreckliche Macht von ihm ausging. Hans drehte sich lieber auf die andere Seite. Er wollte mit ihm nichts zu tun haben.

Aber er war doch neugierig und wagte wieder einen Blick auf Jans Bett. Er sah eine Frau und ein kleines Mädchen. Ob das Jans Mutter und seine Schwester waren? Das Mädchen erwiderte seinen Blick und kam auf ihn zu und wollte seine Krankheit wissen. Darüber konnte er natürlich nicht reden. Er zog die Decke hoch, damit sie nicht Schlauch und Beutel sah. In der Operation hatten sie an seinem Organ (wie der Arzt sagte) einen Schlauch befestigt, der in einen Beutel endete. Dorthin floss sein Urin (so hieß es und nicht Pipi!). Er musste nur aufpassen, dass sich der Schlauch nicht verhedderte und unten kniff, das tat weh. Weil also Jans Schwester davon nichts wissen durfte, wiederholte er die Sache mit dem Leistenbruch und dem Gewichtheben. Das gefiel ihr, sie starrte ihn mit offenem Mund an. Sie war Jan sehr ähnlich, hatte dieselben dunklen Augen, die aber leicht schielten, wenn sie länger guckte. Dann sah sie so aus, dass man ihr nicht Nein sagen konnte.

Und das tat er auch nicht, als sie fragte, ob sie ihm

beim Hanteltraining zuschauen konnte. Da blickte ihn der Stabsarzt an und er erstarrte. Er merkte, dass er sein Lügen durchschaut hatte. Das Mädchen redete mit ihm, als ob sie keine Angst vor ihm hatte, und bat um die Erlaubnis, ihm beim Hanteltraining zuzugucken. Aber er winkte ab. Das wäre jetzt nicht wichtig. Darüber könnte man später reden.

Kaum waren sie gegangen, wandte sich Jan an ihn. Wie er seinen Stiefvater fand?

Er mochte ihn nicht, gab er zu. Er hatte sogar Angst vor ihm. Aber das bedeutete nicht, dass er ein Giftmörder war.

„Doch!", widersprach Jan eigensinnig und klopfte an sein Herz. Das schlug nicht mehr richtig, setzte manchmal aus, so dass ihm heiß und kalt wurde, und dann musste er an die Hölle denken, wo der Teufel sich schon vor Freude die Hände rieb.

Hans grauste es, als er davon hörte. Daran dachte er überhaupt nicht gern, so dass er die Wörter Hölle und Teufel erst gar nicht in den Mund nahm. „Nein, nein!", rief er aus. „Sag so was nicht! Das hat nichts mit deinem Stiefvater zu tun!"

„Woher kommt es dann?" Jan sah ihn herausfordernd an. „Sag es mir!"

Wie sollte er das wissen? Hans überlegte krampfhaft, bis er sagte: „Frag den Arzt!"

Jan lachte. Es war ein krächzendes, quietschendes

Lachen. „Die stehen alle unter einer Decke! Hast du das nicht gesehen?"

Ja, wenn man das so sah! Darauf wusste er keine Antwort. Aber er schüttelte den Kopf. „Du darfst nicht an Rache denken! Du willst doch in den Himmel kommen!"

Er biss sich auf die Lippen, kaum war es ihm herausgerutscht. Er glaubte ja gar nicht, dass er sterben würde!

Jan sank in sich zusammen und stöhnte: „Du hast Recht! Ich darf es nicht!" Dann richtete er sich langsam auf und sah ihn flehend an. „Willst du mir helfen?"

„Ja, natürlich. "

„Dann musst du mein Freund sein. Allein schaffe ich es nicht."

„Ist doch klar!"

„Du musst für mich beten, dass ich nicht an Rache denke. Du willst doch auch nicht, dass ich in die Hölle komme!"

„Natürlich nicht! Denk nicht daran! Du kommst in den Himmel!"

„Wenn ich sterbe, musst du ganz stark für mich beten. Willst du das?"

„Du stirbst nicht!", rief Hans verzweifelt, weil Jan immer wieder damit anfing. „Du bist im Krankenhaus, da stirbt man nicht, da helfen dir die Ärzte!"

Das hätte er nicht sagen sollten, denn Jan stöhnte und hustete wieder. Bis er von ihm wegrückte und sich zum Fenster schob, aus dem er hinausschaute. Er sah unheimlich aus, wie er da als Schatten mit buckligem Rücken und spitzem Kinn saß. Aber er musste ihm helfen, das verstand sich von selbst.

Auf dem kleinen Tisch, der zwischen ihren Betten stand, lag das Karl-May-Buch, das Jan ihm angeboten hatte. Er fand es spannend, jetzt fehlte ihm aber die Lust zum Lesen. Hans schaute auf den kriegsbemalten Indianer, der in das Himmelblau galoppierte. Er konnte ja mal hineingucken. Kaum hatte er angefangen, vergaß er alles. Oh, so zu sein wie Old Shatterhand, so stark, so klug, so gut! Und wie edel Winnetou war und wie gemein der Schuft Rattler!

„Wart erst ab, bis die Rache kommt", sagte Jan, der sich ihm wieder zugewandt hatte. „Dann wird es richtig spannend!"

„Die Rache?"

„Winnetous Schwester wird vom elenden Santer ermordet. Das ist doch klar, dass sie gerächt werden muss, oder?"

Hans nickte, weil er weiterlesen wollte.

„Meine Schwester wird traurig sein, wenn ich nicht mehr da bin."

Die Stimme klang so bedrückt, dass er hochschauen musste.

„Es wird nicht leicht sein für sie. Wirst du ihr helfen?"

War das kleine Mädchen seine Schwester?

Jan nickte. Sie hieß Julia und war seine Zwillingsschwester. Er würde sich freuen, wenn Hans sich um sie kümmerte.

Warum nicht? „Was soll ich denn machen?"

„Du musst aufpassen, dass sie nicht auch vergiftet wird. Sie glaubt ja unserem Stiefvater alles!"

Kam er schon wieder mit dem Gift!?, dachte Hans erschrocken.

„Es fängt an, dass man traurig wird und Angst hat. Dann musst du sie trösten, verstehst du?"

Er verstand wenig, eigentlich gar nichts, weil so eine Bitte noch nie an ihn gerichtet wurde. Aber er verstand, dass Jan an seinem Tod nicht zweifelte, und das machte ihn starr vor Entsetzen.

„Am besten ihr betet für mich, dass ich nicht in die Hölle komme. Weil ich an Rache denke, du weißt doch!"

Er wollte ihm zuschreien, dass er nicht in die Hölle kam und keine Angst zu haben brauchte, weil er gar nicht sterben würde, aber er konnte nicht, weil schon die nächste Bitte kam.

„Wollen wir Blutsbrüder werden?"

„Blutsbrüder?"

„Wie Winnetou und Old Shatterhand."

Warum suchte sich Jan gerade ihn aus? Er kannte weder seinen Stiefvater noch seine Schwester. Und die ganze Sache mit Gift, Rache und Hölle war ihm viel zu unangenehm, ja gerade zu gefährlich, als dass er sich damit abgeben wollte. Aber konnte nichts sagen, nur zugucken, wie Jan im Karl-May-Buch blätterte. Sie würden es genauso machen wie Winnetou und Old Shatterhand, kam es von ihm. Dann las er vor, wie Intschu tschuna, der Häuptling der Apachen, zuerst seinem Sohn Winnetou und dann Old Shatterhand mit einem Messer die Haut aufritzte und die Blutstropfen in zwei Wasserschalen fallen ließ, so dass jeder das Blut des anderen trank. Dadurch waren beide so eng verbunden, dass jeder die Gedanken des anderen kannte.

Hans brachte es immer noch nicht fertig, ihm zu widersprechen. Er sah das schmutzige Messer auf dem Tablett und dachte, dass man sich damit nie die Haut aufzuritzen konnte. „Mit dem?", fragte er. „Das muss man vorher abwaschen, aber wir dürfen nicht aufstehen. Und wenn die Schwestern das mitkriegen?!"

Jan blickte ihn an, er sollte nur abwarten. Als die Tabletts abgeräumt waren, wodurch zum Glück die schmutzigen Messer verschwanden, nahm er die Flasche Mineralwasser und füllte sein Glas halbvoll.

Er drückte den Finger so lange an seine Nase, bis etwas Blut herausquoll, das er in sein Glas tropfen ließ. Das musste Hans mit einem Schluck austrinken. Nach Blut schmeckte es nicht, das hatte Old Shatterhand auch gesagt. Aber als er an seiner Nase herumdrückte, begann sie heftig zu bluten. Er gab Jan schnell das Glas, bevor er den Kopf in das Kissen legte, um das tropfende Blut zurückzuhalten. Die Schwester schaute misstrauisch, als sie die Blutflecken auf Hemd und Bettdecke sah. Er hatte oft Nasenbluten, erklärte Hans.

Jan war zufrieden. Jetzt waren sie Blutsbrüder! Er überreichte Hans den Winnetou-Band als Geschenk, damit er immer an ihn dachte, und sagte: „Dein Gedanke ist mein Gedanke und mein Gedanke ist dein Gedanke! Du weißt also, woran ich denke."

Hans nickte wieder, obwohl er nicht wusste, woran Jan dachte.

„Wenn du für mich betest, komme ich nicht in die Hölle, nicht wahr?"

„Ja, ja!", krächzte Hans. Es war ihm so feierlich-traurig zumute, dass ihm ein Kloß im Hals hochstieg.

„Dann komme ich in den Himmel, nicht wahr?"

„Ja, natürlich!" Jetzt brach ihm der Schweiß aus den Poren.

„Wenn ich im Himmel bin, werde ich dir helfen.

Denn wir sind Blutsbrüder!"

Hans wandte sich schnell ab. Die Tränen quollen ihm aus den Augen und er wollte nicht, dass Jan sie sah. Wenn der seine Gedanken kannte, musste er doch wissen, dass er nie seinen Tod wollte. Nie! Gerade jetzt, wo sie Blutsbrüder geworden waren.

Jan glitt mit einem Seufzer der Erleichterung in sein Bett zurück. Er schien seine Tränen nicht bemerkt zu haben.

Am Abend schien der Vollmond durch das Fenster. Groß, hell und unbeweglich leuchtete er im Himmel. Hans konnte seinen Blick nicht von ihm lasen. Er verbreitete Kühle und Ruhe, was es hier unten nicht gab. Er war etwas, was über den Menschen stand, was sie nicht verändern und zerstören konnten. Da hätte man seinen Frieden. Jan sagte plötzlich, so dass er erschrak: „Wenn ich im Himmel bin, suche ich mir den Mond für meine Wohnung aus."

Hans bezweifelte, dass die Seelen auf den Mond kamen, aber er sagte es nicht. Er hatte keine Lust zu sprechen, er wollte nur schauen. Aber er konnte Jan verstehen. Schön musste es da oben sein, wo man bestimmt nicht schwitzte wie hier im Krankensaal.

„Das ist doch am besten, weil wir uns dann sehen können."

Was hatte er gesagt? Hans fuhr zurück.

„Du weißt, wo ich bin, und ich brauche nur

runterzugucken."

Musste er schon wieder mit seinem Tod anfangen? Gerade jetzt, wo alles so schön ruhig und friedlich war, dachte er wieder daran!

Dann war Nachtruhe, keiner durfte reden. Hans schlief fest und traumlos wie seit langem nicht.

Am nächsten Morgen erfuhr er vom Arzt, dass er noch einmal operiert werden musste, weil sich leichte, völlig ungefährliche Komplikationen eingestellt hatten. Er war darüber nicht unglücklich. Denn er wollte bei Jan bleiben, am besten so lange, bis er gesund entlassen wurde.

Am nächsten Abend kam der Stabsarzt ohne die Krankenhausärzte, aber Jans Mutter und Julia waren dabei. Die sah ihn nicht an, die hatte nur Augen für ihren Bruder, über den sich ihre Mutter gebeugt hatte, um mit ihm leise und eindringlich zu reden. Dann richtete sie sich auf und gab ihrem Mann ein Zeichen, worauf er den Tisch neben dem Bett frei räumte, mit einem weißen Tuch belegte und auf ihm ein Kreuz, zwei Kerzen, ein Glas Wasser und Schälchen mit Salz und Wattebäuschen stellte. Er trug wieder Uniform, deshalb sah es seltsam aus, dass er etwas machte, was sonst nur der Pfarrer tat. Sein Blick streifte Hans. Es genügte, dass ihm heiß wurde. Inzwischen war Julia hinausgelaufen und kehrte mit dem Kaplan zurück, den Hans schon in der St. Marien-Kirche gesehen hatte. Er schritt betend an den Kranken vorbei und besprengte sie mit Weihwasser. Hans wusste sofort, ohne es vorher gesehen zu haben, dass hier die letzte Ölung gespendet wurde. Würde Jan doch sterben müssen?

Sie hatten sich hingekniet und beteten mit dem Kaplan, der sehr ernst aussah und seine Brille nach oben rückte, während seine Hand durch das Haar fuhr und seine streng gescheitelte Frisur zerstörte. Er stieß schnell seine Gebete aus, so dass Jans Familie nicht folgen konnte. Schließlich warteten sie und sagten in den Pausen: *Herr, erbarme Dich, Christus erbarme Dich. Herr erbarme Dich.* Dann verließen sie den Raum, Hans musste sich zur Wand drehen, denn jetzt wollte der Kaplan Jan die Beichte abnehmen. Ob er schon vorher gebeichtet hatte? Hans hatte ihn in seinem Kommunionsunterricht nicht gesehen und er war doch so alt wie er. Wenn er an seine Erstbeichte dachte, klopfte ihm das Herz. Keine Sünde durfte man verschweigen, selbst die geringste nicht! Und er hatte ein paar Sünden, die er dem Pfarrer nicht zumuten wollte.

Ob Jan beichtete, dass er glaubte, sein Stiefvater habe ihn vergiftet? Ein falscher Verdacht war wie eine Lüge. Das hatte der Pfarrer gesagt. Und wenn er das beichtete, musste er auch sagen, dass er sich an seinen Stiefvater rächen wollte. Was gut war. Denn dann wurde er von dieser Sünde losgesprochen und kam geradewegs in den Himmel.

Gleichzeitig brach ihm der Schweiß aus. Er dachte ja schon wieder an Jans Tod. Das wollte er doch nicht!

Er hörte Murmeln und Flüstern, das war wohl das Ende der Beichte. Er drehte sich um und sah, wie der Kaplan das Kreuzzeichen über Jan schlug. Dann war er von seinen Sünden befreit. Dann konnte ihm nichts mehr passieren.

Seine Familie kam wieder herein, und der Kaplan salbte Jan an Augen, Ohren, Mund, Händen und Füßen und sprach hastig und heiser etwas über Sünden und Verzeihen. Manchmal aber betonte er jedes Wort, so dass Hans ihn gut verstand. Diese Worte gruben sich in sein Gedächtnis ein. *Nichts soll der Feind gegen ihn vermögen, und der Sohn der Bosheit soll ihm fürderhin nicht schaden. Möge ihn nicht das Feuer der Hölle verschlingen, sondern die göttliche Gnade erretten. Durch unseren Herrn. Amen.*

Es grauste Hans, als er von der Hölle hörte. Oh, dass Jan bloß nicht starb und hören musste, ob er in den Himmel oder in die Hölle kam! Nein, er brauchte keine Angst zu haben, er war ja von allen Sünden gereinigt und gesalbt. Aber was meinte der Kaplan mit dem *Feind* und dem *Sohn der Bosheit*? Das musste der Teufel sein! Oh, wie schrecklich, wenn im Augenblick des Todes der Teufel auf die Seele lauerte! Aber Jan würde ja zum Glück nicht sterben!

Als sie gegangen waren und nur noch das trübe Nachtlicht schimmerte, hätte Hans gern gewusst, wie es Jan ging. Er antwortete nicht, er war wohl eingeschlafen. Aber später weckte ihn sein Weinen. Es war ein Wimmern und Winseln, das immer höher anstieg, bis es abbrach und von neuem begann, wie weinendes Schnarchen. Er schlief nicht, seine aufgerissenen Augen glänzten. Er flüsterte etwas von Feuer. Dann deutlich: „schreckliches Feuer, Hölle!"

„Nein!", keuchte Hans entsetzt. „Denk nicht an die Hölle! Du brauchst dich nicht zu fürchten! Du hast gebeichtet, Jesus wird dich vor der Hölle schützen!"

Jans Kopf ging hin und her, die Glut der Augen war fast erloschen, das Gesicht aschgrau. Satzfetzen stiegen hoch, kaum verständlich: etwas von Rache und Stiefvater und Feuer.

Was wollte er bloß sagen? Sah er seinen Stiefvater etwa in der Hölle?! Aber das war unmöglich! Sein Stiefvater lebte noch.

Hans stand langsam auf, musste aufpassen, dass ihm Schlauch und Beutel nicht in die Quere kamen, beugte sich über ihn, rief seinen Namen, bat ihn, deutlicher zu sprechen.

Er schien ihn nicht zu verstehen, sein Atem rasselte. Dann murmelte und keuchte es und seine Augen leuchteten auf, als ob er Hans erkannte. „Rache - Stiefvater - Hölle - er brennt, er brennt!", kam es stoßweise. Und dann etwas lauter: „Blutsbruder -

Julia!"

Mit Blutsbruder war Hans gemeint, mit Julia seine Schwester. Was wollte er von ihm oder von ihr?

Jan sagte aber nichts mehr, sein Atem ging ruhiger, er war eingeschlafen. Doch Hans konnte nicht schlafen, er versuchte herauszufinden, was Jan gesagt hatte. Sah er seinen Stiefvater schon in der Hölle brennen? War das die Rache, an die er gedacht hatte?

Schließlich fing der Schlaf auch ihn ein, warf ihn hin und her. Er träumte, dass er vor einer tiefen Grube stand, aus der hohe Flammen loderten. Unten aber lag der Stiefvater und sein Gesicht war wie Papier, das an den Rändern vom Feuer erfasst wurde und zu brennen begann!

Schreiend wachte er auf. Er sah sofort nach Jan und hoffte, ihn nicht geweckt zu haben. Der lag regungslos im Dunklen, kaum sichtbar, aber schweres Atmen zeigte an, dass er noch lebte. Wie gut, dass er noch lebte! Wieder stand Hans vorsichtig auf, um sich nicht zu verheddern, und beugte sich über ihn. Er musste wissen, ob er seinen Stiefvater tatsächlich in der Hölle gesehen hatte.

„Jan!", rief er.

Es schien ihm, dass er lächelte. Er sah sehr friedlich aus.

„Was ist mit deinem Stiefvater? Muss er in die

Hölle?"

Jan gab keine Antwort. Nur sein Brustkorb hob und senkte sich, ruhig und stetig, ein Schiff in hohen Wellen.

Früh am Morgen wurde er hinausgerollt, Hans schienen sie vergessen zu haben. Nach langem Warten, es musste Mittag sein, holten sie ihn ab. Vor der Narkose betete er flehentlich zu Jesus, dass er ihn vor der Hölle rettete. Als er aufwachte, lag Jan nicht im Nachbarbett.

Er fragte die Schwester und sie sagte etwas von Intensivstation. Das klang bedrohlich. Sie beruhigte ihn, es handelte sich nur um eine komplizierte Operation und da wollten sie auf sicher gehen.

Diesmal half es nicht, neben Winnetou und Old Shatterhand zu reiten. Sie sahen besorgt aus und fragten nach seinem Blutsbruder. Er sollte ihn auf keinen Fall im Stich lassen. Auch die Krankenschwester sah besorgt aus. Es wäre kritisch, aber die Ärzte würden es schon schaffen.

Am nächsten Morgen, als Muttel ihn abholte, erfuhr er von seinem Tod. Alle sprachen darüber, auch die Frauen am Eingang, wo Muttel etwas unterschreiben musste. Sie wollte von ihm mehr wissen, aber er schüttelte den Kopf. Sie machte einen neuen Anlauf, als sie in der Straßenbahn saßen. Sie dachte, er sei sein Freund gewesen. „Lass mich in Ruhe!", schrie er, was er noch nie gewagt hatte.

Ihre Augen blitzten zornig, aber sie besann sich, als die Fahrgäste sie ansahen. Sie fuhren schweigend nach Hause und er mied ihren Blick.

3. Julia

Nach dem Krankenhaus musste er sich von den Folgen der Operation erholen, obwohl der Arzt gemeint hatte, jetzt wäre alles vorbei und er könnte wieder in Ruhe aufs Klo gehen. Das konnte er auch, aber er fühlte sich sehr schwach und heiß und schreckliche Träume ängstigten ihn, so dass er oft nicht wusste, was Wirklichkeit war und was Traum. War das mit Jan und seiner Blutsbrüderschaft wirklich wahr oder nur geträumt? Er wünschte, er hätte sich alles nur eingebildet, denn ein Alptraum ließ ihn nicht los. Er sah wieder die Grube mit den hohen Flammen und unten brannte das Gesicht des Stiefvaters wie Papier. Zuerst wurde es an den Rändern erfasst, sein schwarzes, gescheiteltes Haar fing Feuer, dann bäumte sich sein Mund auf, aus dem eine Stichflamme schoss, aus seinen Augen fielen die glühende Kohlen, die das Gesicht auffraßen, und schließlich loderte alles hoch unter schrecklichem Wimmern und Winseln, bis nur noch Asche übrig blieb. Er schrie aus Leibeskräften und wachte schweißgebadet auf. Muttel und Omi stürmten herein, befühlten seine Stirn, sein Handgelenk. „Är hat en bissel Fieber!", meinte Omi. Muttel holte eine Tablette, die er schlucken musste. „Jetzt schlaf schön!"

31

Er schlief nicht schön, denn er wusste nicht, wie lange Jan noch an Rache gedacht hatte. In der Beichte hatte er sie bereut und war davon losgesprochen worden. Dann sprach nichts dagegen, dass er jetzt im Himmel war. Aber warum hatte er kurz vor seinem Tod noch von Rache, Hölle und Stiefvater gesprochen? Man müsste für ihn beten, sicher war sicher, er hatte es ihm ja auch versprochen. Aber kaum versuchte er Worte für sein Gebet zu finden, kam ihm das Bild des brennenden Stiefvaters dazwischen.

Es war gut, dass er wegen der Osterferien nicht in die Schule brauchte. Dann konnte er im Bett bleiben und hoffen, dass alles sich von allein regelte. Wie ja oft alles besser wurde, obwohl er gedacht hatte, es würde alles schlechter. Man brauchte nur zu warten. Abwarten und Tee trinken, wie Muttel sagte. Und das Beste wäre, er würde eines Morgens aufwachen und das Ganze von Hölle, Gift und Rache wäre nur ein dummer Traum gewesen.

In der nächsten Nacht träumte er von Julia. Sie sah ihn an mit ihren großen, dunklen, leicht schielenden Augen. Warum kommst du nicht zu mir? Du hast es versprochen!, schien sie zu sagen. Er wollte ihr antworten, brachte aber kein Wort heraus.

Als er aufwachte, dachte er, dass es dumm war, sie mit seiner Gewichtheberei angelogen zu haben. Was würde sie von ihm denken? Sicher nichts Gutes. *Wer einmal lügt, dem glaubt man nicht!* Aber er hatte Jan versprochen, sich um sie zu kümmern.

Er griff nach dem Winnetou-Band und sofort sah Jan ihn an, blass und mit brennenden Augen. Seine letzten Worte waren Blutsbruder und Julia gewesen. Das war sein Auftrag, sein letzter Wille, den konnte er nicht vergessen. Er hatte die Seite aufgeschlagen, wo Nscho-tschi, die schöne Schwester Winnetous, beschrieben wurde. *Ihre Augen waren samtschwarz und lagen unter langen, schweren Wimpern halb verborgen wie Geheimnisse.* So hatte ihn Julia im Traum angesehen. Auch sie wollte, dass er zu ihr kam. Sie war sicher traurig, dass ihr Bruder tot war, und er musste sie trösten. Gut, sobald es ihm besser ging, würde er zu ihr gehen.

Aber noch ging es ihm nicht besser, was er mit einer gewissen Genugtuung bemerkte. Als Kranker brauchte man sich nicht zu bewegen, mehr verlangte er ja gar nicht. Denn es war alles so heiß, in ihm, im Raum und draußen und wahrscheinlich auf der ganzen Welt, denn er konnte sich kühles Wetter schon gar nicht mehr vorstellen. Er wusste nur, dass ihm bei der kleinsten Bewegung der Schweiß ausbrach. Verwundert beobachtete er, wie am Abend die Motten und anderes Kleinzeug ununterbrochen gegen die Lampe flogen. Wurden sie nicht müde? Tat es ihnen nicht weh, wenn sie in voller Fahrt gegen das Glas stießen? Sahen sie denn nicht ein, wie nutzlos ihr ganzes Tun war? Denn man rannte doch nicht mit dem Kopf gegen die Wand! Aber vielleicht mussten sie es tun, wie er auch zum Klo musste, obwohl er es so lange wie möglich hinauszögerte. Denn er war immer noch nicht ganz sicher, ob es wirklich gut ging. Wenn er losdrückte, hatte er für einen winzigen Augenblick das Gefühl, er konnte nicht. Aber er konnte doch, wenn auch nicht wie früher, denn es war ihm, als ob er eine heiße Flüssigkeit hinauspinkelte. Wahrscheinlich wurde er so das Fieber los, was ja auch nicht schlecht war. Ob die Motten auch ihr Fieber loswurden, wenn sie gegen die Lampe bumsten?

Omi schüttelte den Kopf, als sie ihn mit der Decke kämpfen sah, die er mal über sich zog und dann wieder abstieß. „Was haste bloß? So känn ich dech ja gar necht!" Er bat sie, ihm den nächsten Winnetou-Band zu bringen, das würde ihn auf andere Gedanken bringen. Also brachte sie ihm das Buch aus dem Tabakgeschäft von Frau Kreut. Der süßlich-würzige Geruch ihres Ladens blieb in den Seiten hängen. Kaum hatte er ihn eingeatmet, ritt er schon mit Winnetou über die Prärie, und der fragte ihn, wie es Jan ging. Als er von seinem Tod hörte, sah er ihn an. „Du musst dich um seine Schwester kümmern!" Hans versprach es ihm.

Aber erst nach dem Osterfest, das er sich hatte gut gehen lassen, weil er die von Omi und Muttel bemalten Ostereier im Bett essen durfte, war er dazu bereit. Er stand auf und ging schwankenden Schrittes in das Tabakgeschäft, um Winnetou III zu holen. Da lagen vor ihm eine Pfeife und eine Tabaksdose auf dem Ladentisch. Die bucklige, schwer bebrillte Frau Kreut war in den düsteren

Hintergrund geschlurft und hinter einem Vorhang verschwunden. Er war wie so oft ihr einziger Kunde. Er öffnete unwillkürlich die Tabaksdose und mit dem Einatmen des Geruchs stand Jan neben ihm und nickte. Er nahm ohne Zögern Dose, Pfeife und Feuerzeug und lief nach draußen, so schnell er konnte. In der Nähe gab es den abgebrannten Hof der Marutschkes, den sie verlassen hatten. Man durfte ihn nicht betreten, aber er hatte dort ein Versteck, wenn er nach der Schule nicht gleich nach Hause wollte. Dort rauchte er die Pfeife, genauer gesagt, er versuchte es, denn er hatte es noch nie getan. Zuerst hustete er schrecklich, aber dann bekam er ein deutliches Bild von Jan. Der nickte wieder und schien zufrieden.

Bald danach kam Frau Kreut zu ihnen nach Hause. Ihre rote Knollennase schnupperte ihn an. Er sollte ihr die Pfeife wiedergeben. Er wollte es schon tun, als er Jan heftig den Kopf schütteln sah. Also stritt er alles ab. Er konnte doch gar nicht rauchen!

„Schwöre bei der heiligen Jungfrau Maria, dass du die Pfeife nicht gestohlen hast!"

Frau Kreut fuhr in derselben Straßenbahn mit ihnen zur Kirche. Er wusste, dass sie ihn mochte. Er brauchte oft nicht nachzuzahlen, wenn er die Leihfrist überschritten hatte. Er konnte nicht weiterlügen. Wortlos zog er Pfeife, Dose und Feuerzeug aus seinen Taschen. Omi sah ihn entsetzt an: „Jedutmaria!" Frau Kreut schüttelte zungeklickend den Kopf.

Ihm wurde so heiß, dass die Tränen eine Erlösung waren. Dann erzählte er schluchzend von Jan und dass er es für ihn gemacht hatte. Frau Kreut putzte sich die Brille. Sie verstand seine Treue zu einem toten Freund, es war ihr sogar nahe gegangen, aber es war Diebstahl. Nur weil sie ihn gut kannte und keine böse Absicht dahinter sah, wollte sie von einer Anzeige absehen.

Omi dankte ihr und führte sie zur Tür. Sie sollte doch bitte schön nichts davon erzählen. Man wusste ja, wie schnell Gerüchte entstanden. Dann baute sie sich vor ihm auf. „Wie kannste de nur so liegen und stehlen! Ich hätte das nie von dir gedacht!"

Er hob die Schultern. „Wenn es aber Jan wollte!"

Sie bekreuzigte sich und sah ihn prüfend an. Da half nur die heilige Jungfrau und der Rosenkranz. Der hing an der Wand ihres Zimmers. „Geh und bete zwee Gesetze mit je eenem Vateronser, zehn Ave-Maria und eenem Ähre sei dem Vater!"

In ihrem Zimmer roch es nach Mottenkugeln und Weihwasser. Wenn er noch die Pfeife hätte, um dagegen anzurauchen! Er nahm den Rosenkranz in die Hand und begann zu beten, als ihm einfiel, dass Omi in einer ihrer Schubladen die alte Pfeife von Opa aufbewahrte. Er suchte und fand sie tatsächlich. Wie gut sie sich anfühlte! Er steckte sie in den Mund und stellte sich vor, wie er mit Volldampf rauchte. Da stand Jan vor ihm und machte eine Handbewegung: Raus! Natürlich, hier war es ja nicht mehr auszuhalten. Nur wie? Die Tür war verschlossen. Aber gab es nicht einen Ersatzschlüssel? Den würde Omi in ihrem Zimmer aufbewahren. Er suchte wieder und Jan schien ihm Mut zu machen, aber diesmal hatte er kein Glück. Er ließ sich enttäuscht aufs Bettsofa fallen und sah den Schlüssel an der Wand hängen, nicht weit von dem Bild mit den Betenden Händen. Wieso hatte er ihn übersehen? Aber wie leichtsinnig von Omi! Oder vertraute sie ihm? Er hatte ihr auch vertraut und dann hatte Frau Cholewa zugestochen! Er zögerte, da hörte er Jans Raus, raus!

Er schloss vorsichtig die Tür auf, das Haus war leer. Es war die Zeit, wo Omi einkaufen ging. Sie machte es ihm wirklich leicht. Oder lag es an Jan, der schon alles wusste? Er steckte die Pfeife in seine Hosentasche und lief los, aus dem Haus und immer weiter, bis er die Straßenbahn erwischte, die zur St. Marien-Kirche fuhr. Dort würde er nach der Adresse von Jans Eltern fragen.

Er klingelte an der Pfarrei und hatte Glück, der Kaplan kam an die Tür. Aber er erkannte ihn nicht, so sagte Hans, dass er Jans Bettnachbar im städtischen Krankenhaus gewesen war. Jan Kaminski, dem er doch die letzte Ölung gespendet hatte!

Der Kaplan sah ihn aus großer Brille an. Dann schob die eine Hand seine feuchte Haartolle nach vorn, während die andere sie sofort nach hinten glättete. Es tropfte auf sein Gesicht. Jetzt wischte die rechte Hand den Schweiß weg. „So früh gestorben, der arme Junge!", sagte er traurig. Dann räusperte er sich, um laut und streng nach seinem Namen zu fragen.

„Hans Matkowski. Ich bin in der Kommunionsklasse vom Herrn Pfarrer."

„Hm, hm!" Seine Hand wollte wieder ans Haar, unterließ es aber. Dann nahm er die Brille ab und strich über die Augen, die sehr müde aussahen. „Was führt dich denn zu mir?", fragte er freundlich.

„Ich möchte gern wissen, wo Jans Eltern wohnen?"

„Warum?"

Was sollte er ihm sagen? Er spürte die Pfeife in der Tasche und sah Jan vor sich. „Er ist mein Freund", sagte er.

Der Kaplan nickte. „Dann geht dir sein Tod wohl sehr nahe. Ich glaube, das verstehen seine Eltern."

Er bat ihn einzutreten und führte ihn in sein Büro, wo er vergeblich nach der Adresse suchte. Er schlug sich an die Stirn. „Seine Eltern heißen ja Wolfahrt!" Er zog aus dem Schrank die richtige Karteikarte und schrieb die Anschrift auf einen Zettel. Dann wollte er wieder an sein Haar, aber seufzte stattdessen. „Ein schmerzliches Begräbnis! So ein junger Mensch! Nicht leicht zu begreifen. Und die Tränen und die Trauer!" Jetzt fühlte Hans auf seinem Haar die Hand des Kaplans, die tonnenschwer wog. „Du warst nicht dabei?"

Er bewegte heftig den Kopf, um die Hand abzuschütteln. „Ich weiß ja nicht, wo sein Grab liegt."

„Ach so!" Jetzt zog sich die Hand zurück, fuhr über den Schreibtisch, holte einen Friedhofsplan, kreuzte das Quadrat an. „Wenn du Jans Grab besuchst, vergiss nicht, für seine Familie zu beten. Die haben schwer daran zu tragen."

Er war erstaunt, als er auf den Zettel blickte, dass die Wolfahrts nicht weit von ihnen wohnten, aber noch erstaunter, als er sah, wie groß ihr Haus war. Er blieb unschlüssig stehen, seine Hand berührte die Pfeife in der Tasche. Jan stand vor ihm und sagte nur: Geh schon! Also klinkte er die Pforte zum Vorgarten auf und stapfte zur Haustür, die sich öffnete und Julia herausließ.

Sie hüpfte auf ihn zu und erkannte ihn erst im letzten Moment. Sie riss die Augen auf, die leicht getrübt waren und an ihm vorbeischielten. „Bist du wieder gesund? Willst du mich jetzt zum Gewichtheben einladen?"

„Nein, ich komme wegen Jan."

„Jan!" Sie zitterte und ihre Augen füllten sich mit Tränen. „Oh Gott! Er liegt im Grab und ich denke an Gewichtheben!"

Sie trug ein schwarzes Kleid und an ihrem Ärmel sah er den Trauerflor. Sie holte ein Taschentuch und schnäuzte sich. Als er auf ihr straffes, in Zöpfen auslaufendes Haar blickte, hörte er Jans Stimme: ‚Pass auf sie auf!'

Sie hob ihr Gesicht und sah ihn forschend an. „Ich muss einkaufen gehen, aber Mama ist zu Hause."

„Ich möchte eigentlich nicht zu deiner Mutter."

Sie nickte nur.

„Ich gehe lieber mit dir."

Sie antwortete nicht, ließ ihn aber mitgehen. Er merkte, dass sie sich wunderte, aber sie sagte nichts. Und was sollte er sagen? Er dachte an Jan, dann konnte er sprechen. „Weiß du, ich bin Jans Freund."

Das beeindruckte sie nicht. Sie lief weiter, als ob er nicht da wäre.

„Nicht nur ein Freund, sondern sein Blutsbruder!" Er wollte es nicht sagen, weil es nur ihn und Jan anging, aber es schlüpfte aus ihm heraus, weil sie so gleichgültig tat.

Jetzt sah sie ihn erstaunt an und fragte, was das bedeutete, und er beschrieb ihr, was sie gemacht hatten. „Dann weiß jeder, was der andere denkt. So kann man sich helfen."

„Aber er ist doch tot!", rief sie.

„Doch wenn ich fest an ihn denke, kann ich ihn sehen."

Sie schloss ihren offenen Mund nicht.

„Ja, und er wollte, dass ich zu dir komme."

Ihre Augen hüpften hin und her, bis sie noch stärker auseinanderliefen. „Warum?", flüsterte sie.

„Wir sollen für ihn beten", sagt er.

Ihre Augen standen still, starr vor Schreck. „Ist es so schlimm mit ihm?"

„Nein", beruhigte er sie. „Es ist nur besser. Man betet eben für die Toten, das weißt du doch!"

Aber sie schüttelte den Kopf und lief los, als wollte sie ihn hinter sich lassen. Im Geschäft, in dem sie einkaufte, war die Luft zum Schneiden dick, so dass man kaum atmen konnte. Auch er war gelaufen, um sie nicht aus den Augen zu verlieren, und hechelte wie ein Hund. Sie las keuchend von ihrer Liste, und der alte Kaufmann, von dem man hörte, dass er Pole war, weil er mit Akzent sprach, gab ihnen ein paar Bonbons aus den großen Gläsern. Dann sagte er, dass er nicht alles vorrätig hatte, und packte das ein, was es gab. Sie reichte ihm ihre Kanne und er goss die Hälfte der von ihr verlangten Milch hinein. Sie sah ziemlich dünn aus und schäumte nicht wie die Milch, die Omi direkt von der Bäuerin bekam.

Als sie draußen waren, wollte sie wissen, ob er jetzt Jan sah.

Er schüttelte den Kopf. „Manchmal muss man warten. Er kommt nicht immer, wenn man will. Es hilft auch, wenn man Pfeife raucht."

Ihr Mund blieb wieder offen.

„Es ist der besondere Pfeifengeruch. Man schließt die Augen und sieht ihn vor sich."

„Richtig vor sich?"

„Na ja, nicht wie ich dich jetzt sehe, nicht zum Anfassen. Aber man sieht ihn deutlich im Kopf. Und er redet."

„Er redet richtig?", fragte sie hoffnungsvoll und richtete ihren Silberblick auf ihn. Sie musste unbedingt ihren Bruder sehen und hören. „Hast du die Pfeife bei dir?"

Er schüttelte den Kopf und sie war so enttäuscht, dass er wieder Tränen befürchtete. Er war froh, ihr den Korb und die Kanne abgenommen zu haben, die hätte sie bestimmt fallen gelassen.

Sie standen vor ihrem Haus und hörten, wie ihr Name gerufen wurde.

Ihre Mutter! Sie musste rein. „Kommst du mit?"

Er gab ihr Korb und Kanne. „Noch nicht!" Jans Blick traf ihn. „Komm morgen zu seinem Grab! Nach dem Mittagessen!"

„Gut", flüsterte sie, als ob sie sich schon mit ihm gegen ihre Mutter verbündet hätte, die wieder rief. „Um eins?", fragte er leise. Sie nickte und streckte sich. Bald würde sie größer sein als Jan. Sie sah ihn bestürzt an, als hätte sie etwas Verbotenes gesagt. Dann lief sie ins Haus.

Bei ihm zu Hause waren sie entsetzt. Einfach weglaufen, sie in Angst und Sorge zurücklassen, was hatte er sich bloß dabei gedacht?! Omi lief hin und her: „Jedutmaria! Pjerunje bei Gleiwitz: So jong un so'n Strupp! Wie sull das endn?" Muttel schüttelte den Kopf. Seit dem Krankenhaus wäre er verändert, sie kannte ihn nicht mehr wieder.

Ohne Jan hätte er nichts zu sagen gewusst, mit ihm konnte er antworten. Er erzählte, wie er beim Rosenkranzbeten gedrängt wurde, in die Kirche zu fahren und für Jan zu beten. Der fürchtete sich so schrecklich vor der Hölle, da musste man doch für ihn beten. Ja, und dabei hätte er gar nicht gemerkt, wie spät es geworden war.

Omi seufzte auf und bekreuzigte sich. „Bäte für Jan, damit er dech och vor Unheel bewahrt!" Muttel musterte ihn misstrauisch. Er sollte es mit dem Beten in der Kirche nicht übertreiben! Dann wandte sie sich an Omi. Sie hätte nichts dagegen, dass der Junge durch die Kirche zu einem ehrlichen und verantwortungsbewussten Menschen wurde, aber mit Frömmelei könnte sie nichts anfangen.

Omi lief rot an und wischte sich stöhnend die schweißnassen Haare von der Stirn. „Där Jong muss sech för de Ärstkommunion vorbereeten. Dann lass äm doch in de Kerche beeten!"

„Man bereitet sich besser vor, wenn man die zehn Gebote kennt!", sagte Muttel streng. „Du sollst Vater und Mutter ehren und ihnen gehorsam sein! Darauf kommt es an, nicht auf frömmelndes Beten!"

Aus Omi gurgelte es, sie öffnete den Mund, riss das Gebiss heraus, presste die Lippen zusammen und rauschte aus dem Zimmer. Muttel blickte ihn finster an. „Die Toten sollte man ruhen lassen, das weißt du doch!"

Die Vorbereitungsstunden für die Erstkommunion waren ein guter Grund, das Haus zu verlassen. Dafür gab Omi immer die Erlaubnis und Muttel kam erst abends zurück. Bis dahin konnte er Omis Nachsicht ausnutzen, denn sie fragte nicht, warum der Kommunionsunterricht so lange dauerte.

Als er zum Grab fuhr, wartete Julia bereits auf ihn. „Glaubst du, dass Jan im Himmel ist?" Sie schaute ihn an, mit den großen, leicht aus der Bahn laufenden Augen, der gewölbten Stirn, den rundlichen Pausbacken.

„Ja, bestimmt! Er ist ein Engel und schaut vom Himmel auf uns."

Sie nickte ernst und sie blickten auf sein Grab, auf dem noch viele bunte, aber bei der Hitze schon verwelkte Blumenkränze lagen. Da half es nicht viel, dass sie mit der Gießkanne über sie gegangen war. Auf allen Schleifen stand, dass sie Jan nie vergessen würden.

„Ich auch nicht!", sagte Julia und wollte ihn sehen. „Hast du die Pfeife zum Rauchen?"

Er holte die Pfeife, die Omi noch nicht vermisst

hatte, aus seinem Schulranzen und zog dann den Winnetou-Band heraus. Er schlug die Seite auf, wo sie Blutsbrüder wurden. Auf die sollte sie eine Hand legen und mit der anderen die Pfeife halten. „Jetzt die Augen schließen und fest an Jan denken!"

„Aber wir wollten doch rauchen!" Sie schüttelte den Kopf, dass die Zöpfe flogen. „Dazu braucht man Tabak."

Er musste zugeben, dass er keinen hatte. Das wenige war verraucht und er konnte keinen Nachschub kriegen. Aber es würde auch ohne gehen. Sie sollte nur fest an ihn denken.

Sie versuchte es und zuckte die Achseln. Sie sah Jan nicht. Das nächste Mal würde sie etwas mitbringen. Ihr Stiefvater rauchte Pfeife. Dem stibitzte sie etwas, ohne dass er es merkte.

Ihre Stimme klang nicht begeistert. Es war klar, dass sie sich mehr vorgestellt hatte. Sie konnte sich an Jan erinnern, hatte ihn auch vor Augen, wenn sie an ihn dachte, aber sie wollte mit ihm reden. Er sollte ihr sagen, dass er im Himmel war.

Sie schaute mit vor die Stirn gehaltener Hand nach oben, als ob sie ihn dort erkennen könnte. Aber oben rollte ein Feuerball und versprühte glühende Hitze. Hans hatte den Schatten eines der seltenen Bäume aufgesucht und rief ihr zu, dass Jan im Himmel war. Das war so sicher wie das Amen in der Kirche.

Sie sah ihn nicht an, nahm die Pfeife in die Hand und legte die andere auf das Buch. Da entdeckte sie den Zettel, den er hineingelegt hatte, um die Stelle zu finden, wo Winnetou und Old Shatterhand Blutsbrüder geworden waren. Sie las die Seite, ihr Gesicht hellte sich auf. Dann sprach sie feierlich: „Dein Gedanke ist mein Gedanke und mein Gedanke ist dein Gedanke!" Sie klappte das Buch zu und lachte. Jetzt wusste sie, warum sie mit Jan nicht sprechen konnte. „Ich muss es auch mit Blut machen", wandte sie sich an ihn. „Mit Jan geht es nicht mehr, aber du bist für ihn da. Und du hast doch gesagt, dass du sein Blutsbruder bist."

Er nickte und ärgerte sich, dass er es gesagt hatte.

„Wir machen es auch wie Winnetou und Old Shatterhand. Jetzt sofort!", rief sie.

Er schüttelte den Kopf. Er glaubte nicht, dass es zwischen Jungen und Mädchen ging. Das konnten nur Männer.

„Du und Jan, ihr wollt Männer sein?!", rief sie erstaunt.

Zwischen Jungen und Männern war kein Unterschied, bei Mädchen schon!

Sie aber sagte ernst: „Es geht nicht um Junge und Mädchen, sondern um Jan!"

Er schaute sie überrascht an.

„Wir wollen doch mit Jan sprechen. Das geht

bestimmt besser, wenn wir unser Blut trinken. Dann gehören wir alle drei zusammen. Dein Gedanke ist mein Gedanke und mein Gedanke ist dein Gedanke!"

Er hätte nie gedacht, dass er auch Julias Blutsbruder werden würde, aber jetzt erschien es ihm fast unvermeidlich, weil er auf sie aufpassen sollte. Und in dem Moment sah er deutlich Jan vor sich, der ihm zunickte.

Sie kramte in ihrem Ranzen, zog einen Zirkel aus dem Kasten. „Pass auf!" Sie stach mit der Zirkelspitze in ihre Fingerkuppe, bis ein Tröpfchen Blut herausquoll, das er ablecken musste. Dann stach sie in seinen Finger und leckte sein Blut ab. Darauf sagte sie sehr zufrieden, dass sie durch ihr Blut mit Jan verbunden waren. „Jetzt gehören wir zusammen und kennen unsere Gedanken." Sie fand das wunderbar. Dann wurde sie ernst. Sie kniete sich vor Jans Grab nieder und legte die Hände über die Augen. So verharrte sie regungslos für einige Minuten. Als sie aufstand, hatte sich ihr Gesicht entspannt und sie blickte ihn ruhig an. Sie hatte Jan gesehen und er fand es gut, was sie gemacht hatten. „Weißt du, warum?"

Er wollte schon sagen, dass er auf sie aufpassen sollte, zögerte aber, weil er das Gefühl hatte, sie würde so was nicht gern hören.

„Er will, dass ich einen neuen Bruder bekomme", rief sie triumphierend. „Weil er doch nicht mehr da ist!"

So hatte er die Sache noch nicht gesehen. Er hätte sich eher einen großen Bruder gewünscht als eine Schwester. Mit einem Mädchen wusste er nichts anzufangen. Aber er musste auf sie aufpassen, das hatte Jan von ihm verlangt. Es würde nicht leicht sein, das merkte er schon jetzt.

Sie trat einen Schritt auf ihn zu und hielt ihm ihre Hand hin, er sollte sie anfassen. Verwundert nahm er sie. „Was denkst du jetzt?" Ihre Hände wurden warm. Sie lächelte und sah ihm geradewegs in die Augen. Er merkte, dass ihm das Blut ins Gesicht schoss, weil er fühlte, dass sie ihn mochte.

„Du weißt, was ich denke?"

Er nickte.

„So einfach ist es." Sie lächelte immer noch. „Wir brauchen unsere Gedanken nicht zu sagen, wir wissen sie."

Sie ging ein paar Schritte den Weg zurück und hüpfte auf ihn zu, mal breitbeinig, mal mit geschlossenen Füßen. „Du kennst meine Gedanken! Was mache ich jetzt?"

Das war leicht. Sie spielte Himmel und Hölle, was Mädchen oft taten, wenn sie auf ihre gezeichneten Felder sprangen und nicht die Striche berühren durften.

„Gut!", rief sie. „Und jetzt?"

Sie sagte etwas, was er nicht verstand. Es klang polnisch. „Weiß ich nicht", sagte er mürrisch.

„Brauchst du nicht! Nur was es soll!"

Weil sie es für jedes Feld sagte, mussten es Zahlen sein.

„Richtig!", lachte sie und klatschte in die Hände. *„Jeden, dwa, tschi, tschtere, pjengsch."* Das waren die Zahlen eins bis fünf auf polnisch.

„Du kannst polnisch?", fragte er erstaunt.

Das hatte sie von Vati. Der konnte polnisch. Sie sagte es ein bisschen verlegen.

„Ist Vati dein richtiger Vater?"

Sie nickte und sah sehr traurig aus.

„Hat euer Stiefvater ihn wirklich vergiftet?", rutschte es ihm heraus.

„Hat Jan dir das erzählt?", fragte sie erschrocken.

Es kam ihm jetzt so unwahrscheinlich vor, dass er nicht daran glauben konnte. „Er hat es gesagt, aber meinte er es so?"

Sie wandte ihm sofort den Rücken zu und hüpfte auf dem Weg von ihm weg. Diesmal zählte sie die polnischen Namen sehr leise auf.

Er lief ihr nach. „Willst du mir nicht mehr über deinen Vater sagen? Dein Gedanke ist mein Gedanke!"

Ihr Gesicht war noch trauriger geworden. „Ja, aber manchmal kann man nicht."

Ach so! Dann war es mit der Blutsbrüderschaft nicht so weit her. Nicht jeden Gedanken durfte man wissen!

„Doch!" Sie sah ihn unglücklich an. „Ich muss doch erst..." Sie überlegte. „Ich muss erst von Jan wissen, ob es ihm recht ist."

„Es ist Jan recht!", rief er aufgebracht. „Wir sind Blutsbrüder! Wir haben keine Geheimnisse!"

Sie ließ den Kopf sinken. Aber dann hob sie ihn und sah ihn herausfordernd an. „Wie alt bist du?"

„Zehn", antwortete er verwundert. „Warum fragst du?"

„Dann sind wir gleich alt, dann brauchst du mich nicht wie ein kleines Mädchen zu behandeln!"

„Tu ich doch nicht!" Er war ganz verwirrt. Warum stellte sie sich plötzlich so an?

„Tust du doch!" Sie stampfte mit dem Fuß auf.

„Aber Jan hat mir gesagt, dass ich mich um dich kümmern soll", erklärte er. Er vermied das Wort „aufpassen". „Wenn du traurig bist, dass er nicht mehr da ist, soll ich dich trösten."

Sie ließ wieder den Kopf hängen und murmelte etwas Unverständliches. Als er danach fragte, sagte sie, dass er sie nur trösten konnte, wenn er sie nicht wie ein kleines Mädchen behandelte.

Er wischte sich den Schweiß von der Stirn. Es war eben nicht leicht mit ihr. Wann er seinen Geburtstag hatte, wollte sie wissen.

„Erster März", sagte er.

Da war sie ja ein Vierteljahr älter als er, rief sie aus. Da konnte er ihr gar nichts sagen!

„Ich sage nur das, was Jan will!"

Das machte sie nachdenklich. Dann hellte sich ihre Miene auf. Sie würde das nächste Mal Tabak mitbringen. „Wir rauchen zusammen und sehen Jan." Aber morgen ging es nicht, da hatte sie Flöten, am Sonnabend Reiten, am Sonntag musste sie zu Hause bleiben, also Montag!

Dann gingen sie zurück und nahmen die Straßenbahn. Bevor sie sich trennten, musste er ihr noch etwas versprechen. „Keiner darf wissen, dass wir unser Blut getrunken haben, auch die Eltern nicht. Alles, was wir machen, ist geheim, nur wir wissen es." Sie lächelte triumphierend. „Ich weiß genau, dass du auch so denkst." Er sagte Ja und lachte.

Muttel schüttelte den Kopf. „Warum bist du so ein Träumer? Du musst mehr an die Schule denken!" Sie fing am Montag wieder an und er sollte sich gefälligst anstrengen, damit seine Leistungen besser wurden als vor den Ferien. „Kein Karl May mehr!", entschied sie. „Und kein Kino!" Dabei hatte sie es ihm im Krankenhaus noch versprochen, woran sie sich nicht mehr erinnern wollte.

4. Vater und Stiefvater

Nach der Schule fuhr er direkt zum Friedhof und überlegte sich eine Antwort für Omi. Der Pfarrer war unzufrieden mit ihnen, was stimmte. Deshalb mussten sie zu einer Extrastunde hin, was nicht stimmte. Er hoffte nur, dass Omi beim Pfarrer nicht nachfragte. Aber sie mochte ihn nicht so sehr, ihr gefiel der Kaplan besser, zu ihm ging sie in die Beichte. Muttel ging nicht zur Beichte.

Als er Julia am Grab sah, war er überrascht, dass sie eine große Sonnenbrille trug, die fast ihr ganzes Gesicht bedeckte. Die hatte sie von ihrer Mama. Ohne dass die es wusste, lachte sie. Als sie merkte, dass er nicht mitlachte, fragte sie enttäuscht, ob es ihm nicht gefiel.

„Es sieht nicht so gut aus und es passt nicht für einen Friedhof."

Sie ballte die Fäuste. „Du wolltest mich nicht wie ein kleines Mädchen behandeln!"

„Ich kann ja wohl noch sagen, was mir gefällt und was nicht!"

„Aber nicht so, dass du alles besser weißt!"

Sie kniete vor Jans Grab und beachtete ihn nicht. Die Sonnenbrille hatte sie nicht abgesetzt, obwohl sie die Hände über das Gesicht schlug. Andererseits blendete das Licht zu dieser Tageszeit so sehr, dass er die Augen zusammenkneifen musste. Da wäre eine Sonnenbrille nicht schlecht gewesen. Aber so was konnte er sich nicht leisten. Außerdem würden sie ihn zu Hause auslachen, wenn er mit so einem Wunsch käme. Julia konnte sich wahrscheinlich alles wünschen, die hatte reiche Eltern. Ihr Stiefvater war ein hoher Militärarzt und ihre Mutter trug goldenen Schmuck und ein teures Kleid, so was hatte er bei Muttel noch nicht gesehen. Und jetzt sah er, dass auch Julia ein sehr feines Kleid trug, so fein, dass sich ihr Körper abzeichnete, als er sie beim Beten beobachtete. Er wandte den Blick schnell ab, weil ihn ein komisches Gefühl beschlich.

Julia stand auf und sagte mit strenger Miene: „Wir dürfen vor Jans Grab nicht streiten!"

„Ich streite mich ja nicht!"

Sie hörte gar nicht hin, sondern holte aus ihrem Ranzen eine Tabaksdose, die sie aufschraubte. Er zog die Pfeife aus dem Turnbeutel, wo er sie versteckt hatte, und merkte, als er sie stopfen wollte, dass ihm die Hände zitterten. Als er das Streichholz, das sie ihm reichte, anzünden wollte, verbrannte er sich den Finger.

Sie nahm ihm kopfschüttelnd die Pfeife aus der Hand, stopfte sie noch einmal, entzündete sie. Es sah aus, als machte sie es jeden Tag. Das hatte sie ihrem Stiefvater abgeguckt, der jeden Tag seine Pfeife rauchte.

„Magst du ihn?"

Sie runzelte die Stirn.

„Jan mochte ihn nicht", sagte er.

Er konnte hinter der großen Sonnenbrille nicht ihr Gesicht erkennen, aber sie seufzte und wischte sich die Haare von der Stirn, als sie ihm die Pfeife reichte. „Ich weiß."

„Er wollte sich an ihm rächen!"

„Still!", zischte sie. „Nicht so laut!" Sie sah sich unruhig um, als ob einer sie belauschte. Dabei gab es keinen Menschen in der Nähe. Er hatte am Eingang ein altes Ehepaar gesehen, das ihm entgegenkam, aber sonst sah der Friedhof ziemlich verlassen aus. Er war in der letzten Zeit vergrößert worden und hatte kaum Bäume, die Schatten spendeten. Deshalb kam keiner zur Zeit der Mittagshitze.

Es ärgerte ihn, dass sie nicht reden wollte. Zuerst nicht über ihren Vater, jetzt nicht über ihren Stiefvater. Dabei musste sie alles wissen! „Stimmt das mit der Vergiftung?"

„Kannst du nicht warten?!" Die große Brille drohte schwarz.

„Wir sind Blutsbrüder und haben keine Geheimnisse", belehrte er sie.

Ihr Gesicht wurde weißer, die Brille dunkler. „Jan muss uns sagen, dass er einverstanden ist."

Es hatte keinen Zweck, mit ihr zu streiten. Irgendwie bekam sie immer ihren Willen durch, aber er musste aufpassen, dass sie nicht über ihn bestimmte. Er sollte nicht einfach so nachgeben. Also sagte er streng: „Weißt du, was seine letzten Worte waren? Blutsbruder und Julia! Er will, dass wir beide zusammen sind. Er ist einverstanden, dass wir keine Geheimnisse haben!"

Die große Brille war wie eine Maske. Sie nahm ihm die Pfeife ab und zog an ihr, bis sie glühte. Dann bekam er sie wieder und sie lehnte sich zurück. Als der Rauch durch seine Kehle kroch, musste er husten. Mit der Ruhe war es vorbei. Er konnte nicht mehr an Jan denken. Sie aber hielt ihm mit geschlossenen Augen die Hand entgegen, damit er ihr wieder die Pfeife gab und rauchte sie ohne zu husten. Sie war so alt wie er und rauchte wie ein alter Mann! Er musste doch staunen und war gar nicht mehr so sicher, dass sie nur ein kleines Mädchen war.

Nach einer Weile nahm sie die Pfeife aus dem Mund und klopfte sie aus. Dann erst zog sie die Sonnenbrille von ihrem Gesicht. Zu seiner Bestürzung wischte sie in den Augen herum und er sah, dass sie mit den Tränen kämpfte. „Er ist einverstanden", sagte sie leise und ihre Stimme zitterte. „Aber nur wenn du versprichst, es nicht weiterzusagen."

Er versprach es.

„Beim Blut, das wir getrunken haben, musst du es versprechen. So hat es Jan gesagt."

Er wollte immer daran denken und darüber schweigen wie das Grab. Auch seine Stimme zitterte, weil das mit dem Blut so feierlich-gruselig klang. Und er hatte das untrügliche Gefühl, dass neben ihnen Jan saß.

„Dann sollst du alles wissen", begann sie kaum hörbar und holte tief Luft. Ihr richtiger Vater war Pole. Er hatte für die Polen gekämpft und war von den Deutschen gefangen genommen worden. Ihre Mutter war deutsch und kannte den Stabsarzt. „Der liebte Mama und sagte: Wenn du mich heiratest, kommt dein Mann frei. Da hat sie Vati gefragt und der wollte, dass sie ihn heiratet, wenn er dafür frei kommt. Der Stabsarzt hat einen großen Einfluss und so bekam Vati die Freiheit und Mama einen neuen Mann."

Ihre Stimme wurde immer leiser und zittriger, bis sie abbrach und zu weinen begann. Er fühlte, dass er sie lassen musste und nicht trösten konnte. Nach einer Weile schniefte sie und schnäuzte sich in die Hand, die sie an ihrem Kleid abwischte. „Jan verstand das nicht", fuhr sie leise fort. „Er trauerte Vati nach und wollte mit unserem Stiefvater nicht reden. Sie hatten dauernd Streit. Und als er krank wurde, glaubte er, dass Stiefvater ihn vergiftet hatte. Er glaubte ja auch, dass Vati vergiftet war, weil er uns verlassen hatte. Dabei war er ganz selten bei uns, wir kannten ihn ja kaum. Und Jan hatte ein schwaches Herz. Mama sagte, das kam von der Zwillingsgeburt, bei ihm war es schlechter gelaufen."

Er war so heiß und schwül geworden, dass er den Schweiß nicht schnell genug wegwischen konnte. Es fühlte sich von einer Klebeschicht überzogen, die sogar in seine Augen drang, die brannten und tränten. Und so riss er sich kurz entschlossen das Hemd vom Leibe und benutzte es als Wischtuch. Aber wie erstaunt und auch erschrocken war er, als Julia es ihm nachmachte und ihr Kleid über den Kopf zog, mit dem sie Gesicht und Körper abzutrocknen begann.

Er wusste nicht, was er sagen wollte, aber sie blickte ihn ruhig an, als wüsste sie seine Gedanken. „Du machst es ja auch!"

„Ich hab ja nur ein Hemd!", rief er.

„Und ich nur ein Kleid", erwiderte sie.

Das verschlug ihm wieder den Atem. Aber gleichzeitig ergriff ein Gefühl von ihm Besitz, wo er gern groß und stark sein wollte, um sie zu beschützen. Denn sie kam ihm sehr beschützenswert vor. Sie hatte ja nichts, womit sie sich wehren konnte. Und er sah, wie sie zitterte und eine Gänsehaut über ihren Körper zog. Ja, sie war hilflos, aber er würde jede Gefahr von ihr fernhalten. Darauf konnte sie sich verlassen.

Aber jetzt durchfuhr ihn auch ein Kälteschauder. Ein eisiger Wind bespritzte seine Haut. Erschrocken blickte er nach oben. Eine mächtige Wolkenfront rollte drohend auf sie zu. Unwillkürlich duckten sie sich, da blitzte es schon aus dem Schwarz und krachte ohrenbetäubend hinterher. Im nächsten Augenblick platzten die Wolken und ließen den Regen kübelweise herunterfallen. Klatschnass ergriffen sie die Flucht, er packte sie am Arm und zog sie hinterher. Als der nächste Blitz niederzuckte und ihn blendete, sah er Jan, der ihm etwas zuschrie. Er hörte nicht, was er sagte, aber er verstand ihn sofort. Er riss Julia zu Boden, weil er wusste, dass sie sich nur so vor dem Blitz schützen konnten. Julia klammerte sich an ihn. Ihr Gesicht war nass. War es nur der Regen? Denn sie schien zu schluchzen. Sie blieben ziemlich lange so liegen, was ihn nicht störte, weil ihre Haut seine berührte. Jetzt konnte er sie beschützen, wie er es sich vorgestellt hatte. Das machte ihn stolz und in ihm regte sich etwas Unbeschreibliches, das ihn so ausfüllte, als ob er gleich nach oben steigen würde. Da kümmerten ihn nicht Regen, Blitz und Donner.

Als es kaum noch tropfte, rappelten sie sich hoch. Sie hielten sich aber noch fest, gerade weil sie nass waren und froren. Es tat gut, zusammen zu sein. Aber in seinem Kopf formten sich Fragen, die Antworten wollten. Was dachte sie denn über ihre Mama und Jan? Auf welcher Seite stand sie?

Julia hob verzweifelt die Arme. Sie verstand ja Jan,

sie verstand aber auch Mama. Was sollte sie denn machen? Wenn Vati frei sein wollte, musste sie wieder heiraten.

„Und du? Trauerst du auch deinem Vater nach?", fragte er.

Ihre Augen liefen so weit auseinander, dass sie ihn nicht fassten. „Ich kennen ihn ja kaum."

„Kannte Jan ihn denn besser?"

Sie schüttelte traurig den Kopf.

„Trotzdem trauerte er ihm nach", sagte er.

„Ich glaube, er wollte nicht, dass Mama noch einmal heiratet."

„Und du?"

Sie sah ihn scheu an und flüsterte, dass sie kein Geld hatten, weil ihr Vater nicht bei ihnen war.

Er nickte, das verstand er schon. Außerdem war ihr Vater Pole, also ein Feind der Deutschen, da war es richtig, dass sie wieder einen Deutschen heirateten, so dass sie alle wieder gute Deutsche wurden. Trotzdem trauerte Jan einem Polen nach! War er dann nicht ein Verräter?

Er erschrak selbst vor dem Gedanken und wich ihrem Blick aus.

„Du verstehst Jan nicht?", fragte sie leise.

Sie wusste wieder seinen Gedanken, dachte er

bestürzt, aber er nie ihren! „Er trauerte einem Polen nach!", fuhr es ihm heraus. „Die Polen sind Deutschlands Feinde!"

„Er ist unser Vater", sagte sie und rückte von ihm ab.

„Aber ihr habt nichts von ihm, weil er weg ist."

„Wieso haben wir nichts von ihm?!" Ihre Augen blitzten und schossen geradlinig auf ihn zu. „Ich habe seinen Mund und Jan sein Haar!"

Das meinte er nicht, wehrte er unwillig ab. Sie hatte doch selbst gesagt, dass ihr Vater so arm war, dass sie kein Geld hatten.

Sie warf ihren Kopf zurück, sagte aber nichts.

„Und deine Mama? Mag sie denn noch euren Vater, wenn sie euren Stiefvater geheiratet hat?"

Julia schlug die Hände über ihr Gesicht und fing an zu weinen. Sein Blick fiel auf sie. Wie zerbrechlich sie war! Er musste sie beschützen, sie trösten. Er hatte es Jan versprochen.

„Ich verstehe Jan", sagte er leise. „Ich könnte es auch nicht ertragen, wenn meine Mutter noch einmal heiratet. Und mein Vater ist auch dauernd weg. Ich sehe ihn kaum. Er muss dauernd seine Manöver fliegen."

Sie hörte auf zu weinen, hielt aber ihr Gesicht hinter den Händen verborgen.

„Ich glaube, ein Vater ist immer besser als ein Stiefvater", sagte er.

Jetzt sah sie ihn an. „Wir fragen Jan. Wir gehen zu seinem Grab zurück und er soll uns sagen, warum er Vati mag."

Es hatte aufgehört zu regnen, aber es war schon wieder so schwül, dass sie Hemd und Kleid noch nicht anzogen. Er hörte von weitem Stimmen und zeigte auf den Busch hinter dem Grab, wo sie sich verstecken konnten. Wenn Leute vorbeikamen, würde es ihnen bestimmt nicht gefallen, sie halbnackt beim Rauchen zu sehen. Sie setzte sich mit gekreuzten Beinen hinter den Busch, während er in die Hocke ging. Dabei löste sich eine Menge Wasser, das sich auf den Blättern gesammelt hatte, und sie wurden wieder nass. Aber sie wollte nicht weg, obwohl sie husten musste, und es dauerte lange, bis sie an der Pfeife ziehen konnte. Dann gab sie ihm die Pfeife und er schloss die Augen.

Er sah sich einem Mann gegenüber, der in einem geflickten Mantel saß. Er hatte ausgelatschte Schuhe an, seine Mütze hing ihm schief ins Gesicht, das sehr hager war. Die Augen blickten groß und traurig. Er nickte und fasste sich ans Herz. Dann kam eine Frau mit schönem Kleid und sorgfältig frisiertem Haar. Am Hals glitzerte es golden, am Finger funkelte ein Ring. Da hörte er sich rufen: „Mami, warum magst du Vati nicht mehr?"

Sein Schrei weckte ihn auf. Er blickte um sich und

sah Julia, wie sie mit geschlossenen Augen die Arme bewegte und etwas rief, was er nicht verstand. Auf seine Fragen antwortete sie nicht. Als er sie anstieß, sackte sie zusammen. Es war gar nicht so einfach, sie wieder auf die Füße zu bringen. Es sah so aus, als ob sie noch schlief. Sie setzte sich müde auf eine Bank, die in der Nähe stand, und fragte, was er gesehen hatte. Als er es ihr erzählte, wandte sie sich von ihm ab und wollte lange nichts sagen. Schließlich drehte sie sich mit bleichem Gesicht um, ihre Augen flatterten wie aufgescheuchte Vögel. Sie hatte von einem Streit zwischen ihrer Mutter und ihrem Vater geträumt. Sie wusste nicht, weshalb sie sich gestritten hatten, aber ihre Gesichter waren wütend gewesen.

Sie sah ihn ernst und traurig an. „Verstehst du Jan?"

Doch, er verstand ihn. Ein Vater war eben ein Vater, zu dem hielt man, auch wenn er arm war. Ein Stiefvater war aber ein Fremder, der drängte sich dazwischen.

„Du bist ihm nicht böse?", fragte sie zögernd.

Er schüttelte den Kopf.

Sie nahm seine Hand, die sofort warm wurde und kribbelte. „Das kommt, weil du sein Blutsbruder bist", flüsterte sie. „Keiner würde ihn verstehen."

Er hielt immer noch ihre Hand fest und merkte es kaum, weil sie so leicht und vertraut in seiner lag. Sie schwitzte nicht, obwohl der Schweiß seinen

Körper verkleisterte, sie war einfach da, um sich festzuhalten. Er dachte flüchtig an die vielen Händedrücke, die er auszuhalten hatte, hier war es anders, er wollte nicht loslassen.

„Bist du auch traurig?", fragte sie.

„Auf dem Friedhof bin ich schnell traurig", sagte er.

Sie schüttelte den Kopf. „Nicht so was! Es ist ganz unten, hier!" Sie zeigte auf die Brust. „Manchmal kommt es raus wie beim Husten, aber es bleibt trotzdem."

Ja, das hatte er auch schon gefühlt. Man konnte es nicht heraushusten, es steckte zu tief drinnen. Aber nach einer Zeit ging es weg. Man dachte nicht mehr daran.

Bei ihr ging es nicht weg, sagte sie. Dann seufzten sie gemeinsam und schauten in die Ferne. Ob man auch so fühlte, wenn man erwachsen war, fragte er.

Sie glaubte, dass manche Menschen traurig waren, andere nicht. Ihr Vater war traurig, ihr Stiefvater nicht. Dann zog sie ein buntes Papiertütchen aus ihrem Ranzen, es war Brausepulver. Sie schüttete es auf ihre Hand und mischte es mit Spucke. „Willst du auch?"

Sie reichte ihm ihre Hand und er leckte sie ab. Es prickelte auf der Zunge.

So hatte sie es auch mit Jan gemacht. „Jetzt du!" Sie leerte ein zweites Tütchen auf seine Hand, die sie nacheinander ableckten. Als es nichts mehr zu lutschen gab, stieß sie ihn an. Sie war nicht mehr traurig, sie wollte etwas anderes machen, seine Gedanken erraten. Ihr Silberblick kam zur Ruhe. Sie lächelte. „Du willst ins Kino gehen."

Er starrte sie verblüfft an. Das war tatsächlich sein Wunsch! Dann erinnerte er sich, dass er ihr von Muttels Filmverbot erzählt hatte. Dennoch! Sie sprach genau das aus, was er dachte. Dann kamen ihm Bedenken. Sie würden sie nicht reinlassen. Ohne Erwachsene hatten Kinder keinen Zutritt. Er war noch nie allein im Kino gewesen.

Sie zuckte nur die Achseln und zog ihr Kleid an. Es war aus einem Stoff, der schnell wieder glatt wurde, so dass man kaum Falten sah, während sein Hemd zerknittert blieb. Aber es war kaum noch nass, die leichte Feuchtigkeit fühlte sich sogar angenehm an, weil die Sonne schon wieder schien, das Gewitter war rasch abgezogen.

Bei Kinderfilmen ließen sie alle rein, sagte Julia und setzte eine kundige Miene auf. Da brauchte er keine Angst zu haben.

Er hatte keine Angst, widersprach er. Es war nur so, dass die Kinderfilme langweilig waren.

„Willst du nicht?"

„Doch, doch!" Besser die als gar nichts.

Sie zog die Nase hoch und tat etwas, was er ihr nicht zugetraut hätte. Sie spuckte lautstark in den nächsten Busch. Muttel hätte ihm eine geklebt. Aber so was wäre ihm nicht in den Sinn gekommen, er würde es auch gar nicht können. Ihr aber machte es nichts aus, sie merkte nicht einmal, dass er sich wunderte.

Die Nachmittagsvorstellung begann um vier Uhr. Wenn sie sich beeilten, schafften sie es, meinte er. Dann blieb er stehen. Er hatte kein Geld! Sie fand auch keinen Pfennig, aber das störte sie nicht. „Wir kommen schon rein." Wie, wollte sie nicht sagen.

Sie liefen an der Kasse vorbei zur Tür des Kinosaals, wo eine Platzanweiserin die Karten kontrollierte. Die Wochenschau hatte schon angefangen. Man hörte aufgeregte Stimmen, Schüsse, Musik. Julia reckte sich, um an der Frau vorbei in den Saal zu sehen. So erschien sie größer und sie sagte langsam und deutlich, dass sie zu spät gekommen waren, und sie hatte zwei Brüder, der eine hier und der andere dort (sie zeigte an ihr vorbei in den Saal) und der hatte die Karten.

Die Platzanweiserin war Polin und sprach nicht gut deutsch, vielleicht hatte sie nicht alles verstanden. Sie schüttelte bedauernd den Kopf. Keiner hatte gesagt, dass die Schwester kommt.

„Aber er heißt Jan Kaminski", sagte Julia bestimmt. „Sie müssen sich doch an seinen Namen erinnern!"

Der Name schien der Frau bekannt zu sein. „Na gut, vorn gibt es freie Plätze."

Julia warf ihm einen triumphierenden Blick zu und er war voller Bewunderung. Warum die Platzanweiserin aber zugestimmt hatte, verstand er nicht. Er hätte es bestimmt nicht geschafft.

Das interessierte ihn nicht weiter, weil er beim Blick auf die Leinwand alles andere vergaß. Da zogen Jagdflugzuge über den Himmel und in einem flog vielleicht sein Vater. Wie geschleuderte Pfeile rauschten sie durch die Luft, jeder Pilot hielt seinen Abstand ein, alle brannten darauf, Feuer und Verderben zu bringen. Jetzt stieg seine eigene Staffel auf und er saß selbst an Bord, in der einen Hand den Steuerknüppel, in der anderen das Maschinengewehr. Da, der Feind, ein dunkler Punkt noch, der rasend auf ihn zukam, aber jetzt über Kimme und Korn festgenagelt wurde. Feuer! Schon schraubte er sich wieder hoch, die Sonne im Rücken, so dass er wie der blendende Blitz in die feindliche Rotte fuhr. So würden Deutschlands Flieger das Reich schützen, schallte es laut durch den ganzen Himmel. Und dann erklang das Lied der Flieger, und sein Herz schlug vor Freude. *Flieger sind Sieger und allezeit bereit. Flieger sind Sieger für Deutschlands Herrlichkeit.*

Aufatmend lehnte er sich zurück, als die Wochenschau vorbei war. „So kämpft mein Vater", sagte er stolz. Aber sie sagte nichts, sie hielt den Kopf gesenkt.

Er hatte keine Zeit, sich darüber Gedanken zu machen, weil jetzt der Film begann. Das war ein

Abstieg, weil es ein Märchen war, das mit der jetzigen Zeit wenig zu tun hatte, wo es um Ruhm und Ehre des Deutschen Reichs ging. Und doch nahmen ihn die Bilder gefangen und er vergaß alles um sich herum. Es war ja auch traurig, dass sie so arm waren, dass sie nicht die Miete für ihr Häuschen am Walde bezahlen konnten. Und der Hausbesitzer mit der krummen Nase, der so schmierig grinste, wollte sie wegjagen. Da machte er sich mit Gretel auf den Weg, um das Waldhaus zu finden, wo ein Schatz liegen sollte. Das Haus, das sie fanden, war aus Lebkuchen, und als sie daran knabberten, kam die Hexe, um sie zum Essen einzuladen. Gretel wollte nicht, aber er hatte keine Angst, doch nicht vor einer Hexe! Aber er musste in den Käfig, wo die Hexe ihn mästen wollte. Zum Glück sah sie nicht gut. Er reichte ihr einen Knochen und sie dachte, er wäre noch zu mager, und Gretel konnte sie von hinten in den Ofen schubsen. Da verbrannte sie und es gab ein schönes Feuer und das Hexenhaus krachte zusammen. Aber im Keller fand er den Schatz, mit dem sie sich die Taschen vollstopften. Wie freuten sich ihre Eltern, als sie das ganze Geld sahen, denn jetzt konnten sie den schmierigen Hauswirt bezahlen.

Das Licht ging an und er sah Julia triumphierend in die Augen. „Siehst du! Wenn ich nicht den Schatz gefunden hätte, wären unsere Eltern nicht reich geworden."

„Aber ohne mich hätte dich die Hexe gefressen!", entgegnete sie sofort.

„Pöh!", winkte er ab. „Die war ja blind! Das hätte sie nie geschafft!"

„Und ob sie das geschafft hätte!", sagte sie. „Sie konnte ja zaubern! Nur weil ich sie in den Backofen geschubst habe, sind wir davongekommen!"

Es ärgerte ihn, weil er nichts dagegen sagen konnte, und so ließ er sie stehen und eilte aus dem Saal. Als er sich in der Vorhalle umdrehte, sah er sie nicht mehr. Er lief zurück, doch sie blieb verschwunden. Wollte sie wegen so eines kleinen Streits nichts mehr von ihm wissen? Wenn sie so kam, wollte er mit ihr auch nichts zu tun haben! Sie sollte nicht denken, dass er ihr nachlief!

Dennoch verstand er nicht, warum sie weggelaufen war. Ohne ihm etwas zu sagen. Obwohl sie durch ihre Blutsbrüderschaft verbunden waren. Ihre Gedanken waren seine Gedanken! Von wegen! Aber sie wollte auch nicht wie eine kleines Mädchen behandelt werden. Wollte sie ihm das zeigen?

Zu Hause gab es einen Riesenärger, weil er erst am Abend zurückkam. Er hätte es wissen müssen, und doch war es ihm aus dem Kopf gerutscht. Seine Erklärung mit dem Kommunionsunterricht konnte er sich schenken. Muttel war schon da, sie würde es ihm sowieso nicht abnehmen. Sie sagte auch nicht viel, sondern nahm den Kochlöffel von der Wand und er musste sich bücken. Er biss die Zähne zusammen und hörte, wie sie die Schläge zählte. Das tat zwar weh, aber schlimmer war, was darauf folgte. Nach der Schule musste er sofort nach Hause fahren. Sein Stundenplan, der auch den Kommunionsunterricht einschloss, und der Zettel mit den Straßenbahnzeiten wurde an den Küchenschrank geheftet, so dass Omi genau wusste, wann er kam. Und wehe, er verspätete sich auch nur um eine Minute!

Von den Schlägen halb betäubt, wankte er an den beiden Frauen vorbei, die sich immer noch erregten. Er sah sich als Jagdflieger und schaute ruhig über Kimme und Korn und schoss ihnen die Worte aus dem Mund. In seinem Zimmer warf er sich auf das Bett: Bruchlandung! Wie konnte er Julia wieder-sehen? Würde sie am Grab auf ihn warten? Er dachte an Jan. Der sollte ihm helfen, wie er ihm vorher geholfen hatte. Da fiel ihm ein, war er Omi sagen würde. Er wollte nach der Schule in die Kirche, um für Vater zu beten, dass er heil nach Hause kam. Dagegen konnte auch Muttel nichts sagen. Er würde aber in der Zeit ans Grab fahren. Denn jetzt hatte er das deutliche Gefühl, dass Julia dort auf ihn warten würde.

Nachts sah er sich in seiner Messerschmitt sitzen und Jagd auf den Feind machen. Da kam er ihm entgegen, ein schwarzer Punkt, der rasend auf ihn zuflog, und es war Julias Vater! Aber er hatte ihn schon über Kimme und Korn festgenagelt. Feuer! Da hörte er Julia bitterlich weinen.

5. Himmel und Hölle

Die Temperaturen stiegen und bald war es so heiß, dass sie in der Schule hitzefrei bekamen. Das war ein unvermutetes Geschenk des Himmels, das er mit Freuden annahm. Sofort pochte es an seinen Schläfen, als ob Julia an seiner Tür klopfte, und da war klar, dass er zum Grab musste. So war es auch bei Jan gewesen, als der etwas von ihm wollte. Und Jan hatte ihn gebeten, auf seine Schwester aufzupassen.

Die Sonne hatte den Friedhof leer gefegt, keiner wollte dorthin, wo es kaum Schatten gab. Aber Julia würde kommen, da war er ganz sicher. Inzwischen war der Grabstein aufgestellt worden und verkündete in schwarzen Buchstaben: *Jan Kaminski, geboren am 4.1.1929, gestorben am 10.4.1939. Wir werden dich nicht vergessen.* Er würde ihn nicht vergessen, das brauchte man gar nicht auf den Grabstein zu schreiben, schließlich war er sein Blutsbruder. Und wenn er ihn nicht vergaß, würde Jan ihn auch nicht vergessen, und dann war es eigentlich gar nicht so schlimm, dass er tot war, denn sie beide waren ja noch zusammen, stärker zusammen, als er es mit irgendeinem seiner Klassenkameraden war. Auch mit Volker Wiese nicht, der einmal gesagt hatte, dass er sein Freund war. Und dann war ja auch noch Julia da und schon wegen Julia würde er Jan nicht vergessen.

In dem Augenblick kam sie. Auf dem Kopf rutschte ihr Ranzen hin und her, in der Hand hielt sie eine Flöte, auf der sie schrecklich falsch, jedenfalls schrill und quietschend spielte. Er starrte sie an und hielt sich die Ohren zu. Sie beachtete ihn nicht, ging zum Grab, setzte den Ranzen ab, in den sie die Flöte legte, kniete sich nieder, vergrub das Gesicht in den Händen und betete leise vor sich hin. Er wunderte sich. Was sollte das mit dem Flöten? Endlich stand sie auf, rieb sich die Erde von den Knien.

Sie wollte die bösen Geister von Jans Grab vertreiben, erklärte sie auf sein Fragen. Die mochten die hohen Töne nicht, da machten sie sich aus dem Staub.

Er wollte sich schon lustig über sie machen, als er spürte, dass es Jan nicht recht war, da fragte er, woher sie das wusste.

Sie hatte es in einem Buch gelesen.

„Und das hilft?"

Sie hoffte es.

„Und warum trägst du die Tasche auf dem Kopf?"

Sie wollte üben, gerade zu gehen, erklärte sie. Dann würde sie schneller größer werden.

Er nickte nur und dachte, dass Jan Recht hatte. Er musste auf sie aufpassen. Aber es war wohl auch so, dass man bei ihr vieles durchgehen lassen musste. Weil sie so viel mitgemacht hatte. Weil es ohne Bruder und mit Stiefvater nicht leicht war. Da schluckte er seine Wut über ihr gestriges Verschwinden hinunter und fragte ruhig, warum sie aus dem Kino gerannt war, ohne ihm Bescheid zu sagen.

Sie musste, sagte sie leise.

„Warum?"

Ihr Stiefvater musste ins Manöver. Es war sein letzter Abend und sie hatte versprochen, nach der Schule zurück zu sein. Sie kam zu spät und es gab Ärger.

Das erklärte alles, das verstand er sofort! Bei ihm zu Haus hatten sie auch Zustände gekriegt. Muttel hatte sich den Kochlöffel geschnappt und ihm den Hosenboden strammgezogen. „Hast du auch Haue bekommen?"

Ihr Stiefvater hatte ihr eine geklebt. Weil sie ein Mädchen war, kam sie damit davon. Bei Jan war er strenger. Der bekam seine Tracht Prügel.

„Hasste er deshalb euren Stiefvater?", fragte er.

Sie zuckte die Achseln. Er war wütend, weil Jan nicht mit ihm sprach. Das konnte er nicht ab.

„Warum wollte sich Jan an ihm rächen?"

„Ach, das sagte er nur so. Ich glaube nicht, dass es ihm ernst damit war."

„Doch, doch!", widersprach er heftig, denn er hatte

das Gefühl, dass sie mehr wusste, aber nicht darüber sprechen wollte. „Er hat euren Stiefvater sogar in der Hölle gesehen!"

Sie blickte ihn verständnislos an, weil er ihr von Jans Höllentraum noch nichts gesagt hatte. Er wollte sie nicht erschrecken. Jetzt ging es nicht anders. Sie musste alles von seinem Traum in der letzten Nacht hören. „Nein!", murmelte sie nur. „Nein!" Und in ihren Augen war der Vorwurf, dass er nicht darüber hätte reden sollen.

„Du glaubst mir nicht?", fragte er herausfordernd.

Sie sah ihn traurig und hilflos an.

Aber er wollte es wissen. „Wir fragen Jan. Dann wirst du sehen, dass ich Recht habe."

Er trat zum Grabstein, senkte den Kopf, schloss die Augen. Er sah sofort die riesige Grube voller Rauch und Feuer und unten lag der Stiefvater und sein Gesicht war wie Papier, das an den Rändern von den Flammen erfasst wurde. Und wieder bäumte es sich auf, während eine Stichflamme aus seinem Mund schoss und glühende Kohlen an ihm fraßen, bis es aufloderte und in Asche zusammenfiel.

Es schüttelte ihn unwillkürlich, als er die Augen öffnete. Er wischte sich den Schweiß von der Stirn, bevor er sich Julia zuwandte. Aber sie stand nicht neben ihm. Erstaunt drehte er sich um. Er sah sie auf der nahen Bank, den Kopf auf die Ellbogen gestützt, den Blick auf den Boden gerichtet.

„Hast du es gesehen?", rief er.

Sie antwortete nicht, hob nicht den Kopf.

„Hast du denn nicht mit ihm gesprochen?", fragte er ungeduldig.

Jetzt sah sie ihn an. Die Augen flatterten, fanden nicht die richtige Bahn. „Er will, dass wir für ihn beten", sagte sie leise.

„Ja!", rief er aus. „Das wollte er. Das hat er mir im Krankenhaus gesagt."

„Aber warum? Wenn er doch im Himmel ist! Dann braucht er es nicht."

„Er hat oft an Rache gedacht, und das darf man nicht, wenn man in den Himmel kommen will."

Er hatte es unbedacht gesagt, denn sie erschrak so sehr, dass sie zitterte. „Es ist wahr. Er hat oft von Rache gesprochen. Dann ist er noch nicht im Himmel."

„Doch!", widersprach er. „Mit Beichte und Letzter Ölung ist er im Himmel. Das ist so sicher wie das Amen in der Kirche."

„Aber warum...?"

„Warte!", unterbrach er sie, denn er hatte den erlösenden Gedanken. „Er will, dass wir für ihn beten, damit er weiß, dass wir an ihn denken. Weil wir doch Blutsbruder sind. Damit wir das nicht vergessen."

„Ich vergesse das nicht", sagte sie kopfschüttelnd. „Ich denke immer an ihn."

„Ich auch", sagte er.

„Ich denke sogar, dass er es besser hat. Er ist ja im Himmel und hat alles, was er sich wünscht. Aber hier..." Sie brach ab und senkte den Kopf.

„Was ist hier?", fragte er erschrocken, denn sie klang so traurig.

Sie antwortete nicht, und als er noch einmal fragte, sprach sie zum Boden. „Das weißt du doch! Weil mein Vater Pole ist und ich nichts von ihm weiß. Weil er einfach weggegangen ist. Weil Mama wieder geheiratet hat und Jan unseren Stiefvater hasste. Ich glaube, dass er gestorben ist, weil er es nicht mehr aushalten konnte."

Das Letzte hatte sie kaum hörbar gesagt. Dann ließ sie den Kopf fallen und schluchzte los.

Wenn sie traurig ist, musst du sie trösten, hatte Jan ihm gesagt. Aber wie? „Jan möchte nicht, dass du traurig bist", begann er.

„Ich weiß", sagte sie mit unterdrücktem Schluchzen. „Wenn wir wieder zusammen sind, bin ich nie mehr traurig."

„Nein!", rief er entsetzt, denn jetzt sprach sie wie Jan vor seinem Tod. „Du sollst dir nicht wünschen, bald zu sterben! Dann bist du vergiftet. Dann hat dein Stiefvater dich vergiftet. Das hat mir Jan selbst gesagt!"

Sie schüttelte den Kopf. „Jan will, dass ich zu ihm komme, nicht unser Stiefvater!"

„Nein, Jan will das nicht, auf keinen Fall will er das!", wiederholte er aufgeregt, weil er Angst hatte, Julia wie Jan zu verlieren. „Er will, dass ich dich vor eurem Stiefvater warne. Damit er dich nicht auch vergiftet."

Sie schwieg und ließ den Kopf tiefer fallen. Nach einer Weile kam es leise von ihr, dass man nichts dagegen machen konnte. Wenn er Jan vergiftet hatte und er wollte nicht bleiben, wäre es ihr egal. Dann wollte sie auch nicht bleiben.

„Nein!", sagte er entschlossen. „Das will Jan nicht. Immer wenn ich an ihn denke, sehe ich euren Stiefvater in der Hölle. Er will keine Rache, aber er will uns was damit sagen."

„Was?", fragte sie und hob den Kopf.

„Das weiß ich nicht. Wir müssen Jan fragen."

Also verkrochen sie sich in das Gebüsch, wo er die Pfeife, sie den Tabak und die Streichhölzer hervorholte. Aber diesmal klappte es mit dem Rauchen nicht. Er verschluckte sich und fing an zu würgen, während sie mit dem Husten gar nicht aufhören wollte. Da kam sie auf eine komische Idee. Sie leckte an ihrem Finger und er sollte daran lutschen. Er zögerte. „Warum?" Sie würden nicht Blut, sondern Spucke tauschen. Das half auch. Es kam ihm seltsam vor, doch er tat es, und als sie sich gegenseitig die Finger in den Mund steckten, prickelte es noch viel stärker als das Brausepulver auf der Zunge.

Zuerst sah er wieder den brennenden Stiefvater in der Hölle, aber er sah ihn von weitem und alles war undeutlich. Dann lief er mit Julia über eine wunderschöne Blumenwiese. Sie liefen nicht, sondern sie schwebten, seine Füße berührten gar nicht den Boden. Sie erreichten einen See, in den sie hineinsprangen. Er schwamm leicht und mühelos wie ein Fisch und merkte erstaunt, dass er nichts anhatte, sondern dass Schuppen seinen Körper bedeckten.

Er rieb sich die Augen und wünschte, er würde im See baden, weil es so heiß war und der Schweiß seinen Körper verklebte. Sie sah ihn erwartungsvoll an. Ihr Gesicht war viel ruhiger geworden, gar nicht mehr traurig, sondern fast fröhlich. Sie lachte, als er seinen Traum erzählte und breitete die Arme aus. Ja, sie war auch über eine wunderschönen Blumenwiese geflogen, aber nicht mit ihm, sondern mit Jan. Sie kamen nicht an einen See, sondern an einen reißenden Fluss, den sie überqueren wollten. Es gab aber keine Brücke. Da stand er, Hans, plötzlich vor ihnen und sagte, dass er so stark war, um sie über den Fluss zu tragen. Da wollte sie auf seinen Rücken klettern und er brach sofort zusammen.

Sie lachte hell auf und konnte sich nicht beruhigen.

Wenn sie eine Pause machte, prustete sie gleich wieder los. Er wusste nicht, was er davon halten sollte, fand es aber gar nicht so komisch. Schließlich sah sie ihn spöttisch an. Wollte er nicht trainieren, stärker zu werden?

Er wusste sofort, was sie meinte, und fühlte sich rot wie eine Tomate werden.

„Du hast vergessen, mich zum Hanteltraining mitzunehmen."

Er nickte nur.

„Oder stimmt das nicht?"

Er tat so, als ob er sie nicht verstand.

„Das mit dem Gewichtheben. Machst du das wirklich?"

Er musste zugeben, dass es nicht stimmte.

„Warum hast du das gesagt?"

Er fühlte den Schweiß wie eine Klebeschicht über seinem Körper. Er zuckte die Achseln.

„Oder wolltest du angeben?"

Das klang sehr spöttisch! Er zog es vor zu schweigen.

Sie bückte sich und nahm einen Stock, mit dem sie spielte. Und das mit dem Leistenbruch stimmte auch nicht. Ihr Stiefvater wusste das.

Sie konnte glauben, was sie wollte.

„Warum warst du im Krankenhaus?" Sie malte Kreise mit dem Stock. „Was war deine Krankheit?"

„Phimose. Das verstehst du nicht. Das gibt es nur bei Jungen."

Das hätte er nicht sagen sollen. Das machte sie nur noch neugieriger. „Wo bist du operiert worden?"

Er sah sie streng an. „Darüber spricht man nicht. Winnetou und Old Shatterhand, die richtige Blutsbrüder waren, sprachen auch nicht darüber."

„Ich weiß ja nicht mal, was Fimhose ist. Nun sag schon!"

Musste sie denn alles wissen? „Ich hatte so große Schmerzen, dass ich es nicht aushalten konnte", begann er.

„Wo?", fragte sie.

„Da unten eben." Er machte eine vage Handbewegung.

„Wo da unten?"

Er überlegte, ob er ihr das Weiterfragen nicht einfach verbieten sollte. Schließlich hatte Jan ihm den Auftrag gegeben, sich um Julia zu kümmern, und deshalb musste er ihr beibringen, was sich gehörte und was nicht. Aber es reizte ihn auch, sie weiter fragen zu lassen. Sie war eben neugierig, und Neugierige sollten eine Antwort kriegen, das hatte Omi einmal gesagt. Aber noch was reizte ihn. Wenn er auch nicht genau wusste, was es war.

„Nun sag schon!", drängelte sie.

„Wo man eben pinkelt."

„Warum hat es weh getan?"

„Weil ich nicht konnte."

„Zeig mal!" Der Stock blieb stehen. Ein kleiner Kreis hing an dem großen. „Oder traust du dich nicht?"

Nun war ihm doch mulmig zumute. Jetzt ging es wirklich zu weit! Er wollte sie gerade zurechtweisen, als sie sagte:„Jan stellte sich nicht so an."

Sein Herz klopfte. Er wusste, dass sie anders war. Sie fand ja nichts dabei, einfach loszuspucken. Aber dass auch Jan das wollte! War das nicht eine Sünde?

Jan wollte immer alles wissen, sogar ihre Sünden, kam es von ihr, als hätte sie wieder einmal seine Gedanken erraten. Aber die sagte sie ihm nur, wenn sie auch seine hörte.

Der Klebemantel schloss ihn ein, ließ ihn kaum atmen. „So was macht man nicht!" Er wollte streng sein, aber seine Stimme zitterte. „Sünden sagt man dem Pfarrer, kein anderer darf sie hören."

Sie warf einen kurzen Blick auf ihn, während ihr Stock weitere Kreise zeichnete. „Ich kann es dem Kaplan nicht sagen, weil ich noch nicht beichten kann. Aber ich bereite mich vor."

Sie war in der Mädchengruppe, die sich auf die

Erstkommunion vorbereitete, und die leitete der Kaplan. Was sie machte, war, dass sie den Beichtspiegel im Gesangbuch auswendig lernte.

„Auswendig?!" Er konnte es nicht glauben.

„Willst du hören?" Den Beichtspiegel zum 6. Gebot fand sie am spannendsten und schon schnurrte sie los: *Habe ich unkeusche Gedanken mit Wohlgefallen in mir unterhalten? Habe ich unkeusche Wünsche gehabt? Habe ich Unkeusches geredet, angehört, gesungen, gelesen? Habe ich gesündigt durch unkeusche Blicke, Berührungen, Entblößungen? Habe ich Unkeusches getan, allein oder mit anderen, oder zugelassen? Habe ich sündhaften Umgang gehabt? Habe ich die Pflichten der Ehe verletzt? So* stand es da, sagte sie stolz. Das konnte sie doch gut, oder?

Er blickte sie verwirrt an. Er hatte noch nie gehört, dass man den Beichtspiegel auswendig lernte. Was sagte denn der Kaplan dazu?

Oh, der wusste es nicht. Dem würde sie es auch nicht sagen, weil er viel zu etepetete war. Aber sie fand, dass man über alles Bescheid wissen musste. Das hatte auch Jan gemeint. „Willst du darüber nichts wissen?"

„Über Sünden spricht man nicht", sagte er ernst. „Man hält sich von ihnen fern. Man denkt nicht einmal an sie."

Sie sah ihn unsicher an. Zwei in ihrer Klasse, Ursula

und Ingeborg, hatten den Beichtspiegel auswendig gelernt. Und wenn sie den aufsagten, hörten alle zu. Alle machten solche Augen und solche Ohren. Sie zeigte ihm, wie groß die Augen und Ohren waren. Sie wollte auch, dass alle ihr zuhörten, alle ganz still waren und nur auf sie schauten. Ihr gefiel das. Und das mit dem 6. Gebot war immer am spannendsten, keiner sagte ein Pieps, alle wollten es hören.

„Und eure Lehrerin?"

Die durfte das nicht wissen. Dann war es ja langweilig. Man musste es heimlich machen, dann war es erst spannend.

Er dachte, dass sie es in seiner Klasse auch heimlich taten. Keiner durfte es hören, und doch wollten es alle hören. Aber das sagte er ihr nicht, sondern fragte sie, ob Jan auch den Beichtspiegel auswendig gelernt hatte.

Oh ja! Als er das von Ursula und Ingeborg hörte, fing er sofort damit an. Und dann spielten sie Beichte. Er wollte immer der Pfarrer sein und sie musste beichten.

Er merkte, dass er selbst mit großen Augen und Ohren zuhörte, und ertappte sich bei dem Gedanken, auch gern den Beichtvater mit ihr spielen zu wollen. Aber er wusste, dass so was eine Sünde war, und Sünden wollte er sich vor seiner Erstbeichte nicht mehr leisten. Er hatte schon genügend davon, die er dem Pfarrer sagen musste. Doch der Gedanke daran hatte ihm den Schweiß aus den Poren getrieben. Er stöhnte über die Hitze und dachte an seinen Traum. Jetzt in einen See springen!

Auch sie wedelte ständig mit einem ihrer Zöpfe vor ihrem Gesicht herum und klagte, wie heiß es war. Sie wollte sofort baden.

Ihm fiel ein, dass er keine Badehose dabei hatte. Er wusste ja nicht, dass sie hitzefrei bekamen.

Sie hatte auch nicht den Badeanzug bei sich, aber das störte sie nicht. Hinter dem Friedhof gab es einen Teich, da kam kein Mensch vorbei. Da war sie auch schon mal mit Jan gewesen. Ihre Augen flatterten, als er die Stirn runzelte. Oder fand er was dabei, wenn sie mit Schlüpfer badete?

Eigentlich schon, weil man so was nicht machte und weil er nachher mit nasser Unterhose herumlaufen musste, aber die Hitze vertrieb alle Bedenken. Die Abkühlung musste herrlich sein. Also tat er so, als ob es ihm schwer fiel, ihren Vorschlag gut zu finden. So machte es auch Muttel, wenn sie ihn zappeln lassen wollte.

Sie freute sich, nahm ihn an die Hand und zog ihn an den kleinen Teich, der von Schilf umsäumt war und mit seinem braun-trüben Wasser nicht der See war, den er sich erträumt hatte. Aber sie befreite sich mit schnellen Bewegungen von ihrem Kleid und den Sandalen und stapfte in das hinein, was ihm jetzt wie ein Sumpf erschien. Ihre helle Gestalt stach vom moorigen Untergrund ab. Er durfte sie nicht allein lassen. Wenn ihr was passierte? Er zog sich rasch aus und schlüpfte in das Wasser, das ihn wie ein kühler Mantel fest umschloss. Er zitterte vor Erleichterung, rührte sich nicht, fühlte, wie die klebrige Schicht, die ihn verkleistert hatte, sich auflöste und weggeschwemmt wurde. Er hörte, wie sie rief. Weißer Schaum spritzte auf, Wellen überschlugen sich und erreichten ihn. Er wollte nicht mehr still halten, er musste sich bewegen. Er dachte wieder an seinen Traum: Jetzt wie ein Fisch schwimmen können, um im Wasser ungehindert vorwärtszukommen!

Er platschte aber unbeholfen in ihre Richtung, weil er noch nicht schwimmen konnte und bemüht war, den Grund mit seinen Füßen zu sichern. Zum Glück war der Teich nicht tief, man sackte aber ein, wenn man stehen blieb. Sie dagegen konnte schwimmen, jedenfalls sah es so aus, da sie auf dem Wasser lag und ihre Arme und Beine taten, was sie wollte. Als er sich ihr näherte, zog sie davon, schnell und geschmeidig, und war schon am Ufer, als er sie mit den Augen genauer fassen wollte. Er schnaufte hinterher und wusste nicht recht, wie er das Ufer durch die Schilfpflanzen erreichte, die ihm eklig vorkamen. Seltsam, dass er sie beim Hineinspringen gar nicht beachtet hatte.

Sie rief ihm etwas zu. Sie war schon angezogen und schien weiterzuwollen. Er zwängte sich unbeholfen durch das Schilf. Es war ihm nicht recht, dass er es unter ihren Blicken tun musste. Er sah sicher dumm und ungeschickt aus und er ärgerte sich, dass bei ihr alles schnell und leicht ging, während er so schwerfällig und umständlich war. Und jetzt musste er auch noch die nasse Unterhose anbehalten! Nur weil sie ein Mädchen war! Bei einem Jungen hätte er sich nicht geniert. Da wäre er ohne das nasse Zeug in die Lederhose gestiegen. Aber das hätte bedeutet, dass er für einen winzigen Moment nackt gewesen wäre. Das ging vor einem Mädchen nicht.

Zu seinem Erstaunen und Ärger sah er, dass ihr nasser Schlüpfer neben ihr lag. „Das geht nicht!", sagte er sofort. Sie verstand ihn nicht und er musste ihr erklären, dass sie in einem Kleid nicht ohne Schlüpfer herumlaufen konnte.

„Aber man sieht doch nichts!", sagte sie und drehte sich vor ihm. „Siehst du was?"

Er schluckte die aufsteigende Wut hinunter. „So was macht man nicht!" Ihr Blick flatterte, ihr Gesicht war erschrockene Verwunderung. Das regte ihn auf und er schrie: „Ich mach es ja auch nicht!"

„Warum nicht?", fragte sie leise. „Magst du es denn nass in der Hose?"

Das war die Höhe! Die Hitze schoss ihm hoch, flimmerte vor seinen Augen. Schon lag es auf der Zunge, es gab kein Zurück. „Wenn du so was machst, bist du unanständig, und alle Leute glauben, dass du ein unanständiges Mädchen bist!"

Kaum war es seinen Lippen entschlüpft, bereute er es schon. Sie starrte ihn fassungslos an, breitete die Arme aus, als wollte sie fliegen, und hüpfte davon wie ein Flügel schlagender Vogel. Er musste sich schnell anziehen, verlor kostbare Zeit und rannte ihr nach. Ihm schwindelte, er schwankte, der Boden unter seinen Füßen wurde abschüssig, er fiel mehr, als dass er lief, immer hinter ihr her, die er nicht erreichte. Die Sonne stach in seinen Rücken, hämmerte in seinem Blut, stieß ihn fort, weil er etwas gesagt hatte, was er nicht sagen durfte, denn er hatte sie falsch beschuldigt, und ein falscher Verdacht war schlimmer als eine Lüge, das wusste er von seiner Kommunionsvorbereitung. Und jetzt musste er ihr sagen, dass er es bereute und nicht wieder machen wollte, aber sein Rufen war nutzlos, sie drehte nicht den Kopf um. An der Haltestelle rang er schweißgebadet nach Atem und sah sie in der Straßenbahn sitzen und stieg ihr nach. Als der Wagen an Fahrt gewann, quietschte und klopfte es auf den Gleisen und in seinem Blut: „Unanständig! Unanständig!"

Julia war in die eine Ecke des Wagens gelaufen, er in die andere. Es war nicht sehr voll, er konnte sie gut sehen, sah aber nur ihren Rücken. Sie wollte nicht seinen Blick erwidern. Sie wollte nichts mit ihm zu tun haben. Doch dann drehte sie sich um, als hätte sie seinen Blick gespürt. Sie schien zu nicken, aber er war nicht sicher. Da ging er zu ihr, getrieben von einem Drang, dem er nicht widerstehen konnte. Er hatte es nicht so gemeint, sagte er. Es war über ihn gekommen, er wollte es gar nicht. Es tat ihm leid.

Ihre Augen waren erstaunt und traurig zugleich. „Nur wenn du nicht mehr so etepetete bist", sagte sie heiser. Es klang wie das Knarren einer sich öffnenden Tür.

Nein! So was fand er auch nicht gut. Es war nur so... Er stockte, weil er Mühe hatte, den Gedanken zu Ende zu bringen.

„Was ist so?", fragte sie.

„Ach, zu Hause und überall, da ist man eben so etepetete." Er dachte an Muttel. Wenn die so was mitbekam, würde sie einen Schreikrampf kriegen.

Julias Augen liefen auseinander. Ihr Stiefvater war auch so. Aber der kriegte es nicht mit, weil er meist weg war.

„Und deine Mama?"

Die war früher anders, aber jetzt richtete sie sich nach Stiefvater. Sie machte ein trauriges Gesicht, aber er wollte nicht, dass sie wieder in so eine Stimmung kam, und fragte leise, wo ihr Schlüpfer. Da erhellte sich ihr Gesicht zu einem Grinsen und sie zeigte auf ihren Ranzen. Da würde doch keiner denken, dass zwischen ihren Büchern ein nasser Schlüpfer lag!

Er lachte.

„Hast du deine nasse Unterhose an?", flüsterte sie.

Er wusste nicht, ob sie nass war. Er war so gelaufen, dass er wieder überall schwitzte.

6. Muttel und Mutter

Sie stiegen an ihrer Haltestelle aus, wo sie sich normalerweise trennten. Die Uhr am Marktplatz zeigte halb sechs. Omi würde ihn wegen seines Gebetes für Vater eine halbe Stunde geben, nicht aber vier! Und Muttel konnte schon zu Hause sein. Das sah nicht gut aus.

„Was ist?", fragte Julia.

Er sagte ihr, dass er Ärger kriegte, weil er zu spät kam.

„Viel Ärger?"

„Viel Ärger!"

Sie nickte und ging einfach mit ihm. Er schaute sie überrascht an. Sie aber zog den Schleim die Nase hoch und spuckte ihn aus. Er sah sofort, wie Muttel ihn streng anblickte und den Kochlöffel holte.

Julia sagte, sie wusste, was er dachte. So wie er aussah, hatte er Angst vor seiner Mutter.

Er blieb verdutzt stehen. „Woher weißt du meine Gedanken?!"

Sie lachte zufrieden. Das war nicht schwer. Dann schlug sie vor, dass er sie mitnahm. „Mama möchte dich unbedingt sehen. Dann kann ich doch auch deine Mutter sehen."

Er erschrak. Was würden sie zu Hause denken, wenn er mit einem Mädchen ankam? Das war noch nie passiert! Es gab sowieso keine Mädchen in seiner Nähe: in der Schule nicht, im Kommunionsunterricht nicht, in der Kirche waren sie auf der anderen Seite und auf der Straße sah er sie meist von weitem. Und jetzt würde er mit so einem fremden Geschöpf vor seiner Haustür stehen! Das gab Ärger, mehr als wenn er nur zu spät kam. Er sah sie verlegen an. „Ich weiß nicht recht."

„Willst du nicht?"

„Doch!" Aber er war noch nie mit einem Mädchen nach Hause gekommen.

Sie war doch seine Schwester!

Er musste darüber lächeln, zeigte es aber nicht. Zugleich war es ihm, als ob Jan zunickte. „Gut", sagte er, sie konnten es versuchen. Und er dachte daran, dass sie es mit der Platzanweiserin auch geschafft hatte.

Omi, die öffnete, starrte ihn fassungslos an. „Jessas!", sagte sie nur. Dann hielt sie sich den Mund zu, weil sie merkte, dass ihr Gebiss fehlte, und hastete nach hinten. Jetzt kam Muttel, auch überrascht, aber freundlicher, und fragte ihn gleich, wen er mitgebracht hatte. Da trat Julia auf sie zu, knickste und stellte sich als die Schwester des Jungen vor, der neben Hans im Krankenhaus gelegen hatte und leider gestorben war.

Das veränderte mit einem Schlag die Situation. „Oh!", sagten Muttel und Omi, die zurückgekommen war, und schauten voller Mitleid auf Julia. Sie zeigte auf ihn. „Hans war ja Jans Freund im Krankenhaus und jetzt geht er mit mir zu seinem Grab. Das ist gut, denn allein ist es nicht einfach."

Er staunte, wie gut sie das gesagt hatte, auch Muttel und Omi nickten anerkennend. „Kommt rein!", sagte Muttel und sie gingen in das Wohnzimmer, das ihm zum ersten Mal dumpf und dunkel vorkam, so dass er schon wieder den Schweiß auf der Stirn fühlte. Sie setzten sich und Omi eilte in die Küche. Von dort roch es nach Kohl, was unangenehm in die Nase stieg, und er schloss schnell die Tür. Julia schien es nicht zu merken, sie erzählte, weil Muttel danach fragte, von Jans Krankheit und der Beerdigung, die im kleinen Kreis stattfand, weil ihre Mama es sich gewünscht hatte.

„Im kleinen Kreis", wiederholte Muttel.

„Es war aber doch sehr traurig", sagte Julia.

„Ja, natürlich!", kam es schnell von Muttel. „Es muss für deine Mama und deinen Papa ein harter Schlag gewesen sein."

„Stiefvater!", verbesserte Julia.

„Dann hast du deinen Vater auch verloren?", fragte Muttel erschrocken.

Julia senkte den Kopf.

„Gott, du hast es wirklich nicht einfach!"

„Es send schlemme Zeeten!", rief Omi von der Küchentür.

Eine Pause entstand und Hans schaute zur Deckenlampe, um die wieder Mücken und anderes Kleinzeug kurvten.

„Hast du noch mehr Geschwister?", fragte Muttel.

„Nein." Deshalb fand Julia es gut, dass Hans mitkam. Dann konnte man zusammen reden.

Es war immer gut, wenn man miteinander redete, meinte Muttel.

Hans überlegte, ob die Mücken auch lieber zusammen flogen.

„Ja", sagte Julia. Wenn sie mit Hans zusammen war, dachte sie an ihren Bruder, und sie wusste, dass er es gut fand, dass sie an sein Grab gingen.

„Ach so!", lächelte Muttel überrascht.

„Manchmal dauert es etwas länger am Grab. Dann kommt man leicht zu spät nach Haus."

Muttel machte eine abwehrende Handbewegung. Sie lächelte immer noch vor sich hin und schüttelte den Kopf. Omi kam mit zwei Gläsern voll von verdünntem Himbeersirup. Er trank seins schnell aus. Viel zu fade. Sie hätte ruhig mehr Sirup nehmen können. Aber Julia bedankte sich sehr höflich. Omi freute sich und schaute sie an. Ob denn die Beärdigung in der Kapälle gewesen wäre? Als sie hörte, dass der Kaplan dabei war, blitzten ihre künstlichen Zähne.

„Du wolltest nur wissen, ob sie katholisch ist", sagte er.

Omi sah ihn entrüstet an: „So jung und so'n Strupp!" Dann nahm sie die Gläser und rauschte in die Küche. Sie kehrte schnell zurück und fragte Julia: „Wellste metessen?" Die schüttelte den Kopf. Sie musste nach Hause, ihre Mutter wartete schon.

„Ich bringe dich zur Straßenbahn", sagte er, was auf Lächeln und Kopfnicken stieß.

Sie waren selten so freundlich zu einem Besuch gewesen, und dann noch zu einem Mädchen, das sie nicht kannten. Er hätte nicht gedacht, dass sie es so gut hinkriegte.

„Sie waren auch sehr freundlich", sagte sie.

„So wie du warst, mussten sie es sein", antwortete er, worüber sie sich freute.

„Ist deine Mama auch so freundlich?", fragte er nach einer Weile, weil er daran zweifelte. Er hatte sie nur von weitem gesehen, einmal vor ihrem Haus und einige Male in der Kirche, wo sie schräg vor ihm auf der anderen Seite saß. Sie trug einen großen Hut, der wie ein Vogel die Flügel gegen ihn erhob. So kam es ihm vor, weshalb er es nicht wagte, Julia vor der Kirche anzusprechen.

„Oh bestimmt!", sagte sie, aber es klang nicht so überzeugt, wie er gehofft hatte.

Aber vor der Kirche wollte ihre Mutter mit ihm nichts zu tun haben!

Sie durfte doch von ihrer Blutsbrüderschaft nichts wissen! Julia sah ihn erstaunt an. Deshalb tat sie so, als ob sie ihn nicht kannte.

Da hatte sie Recht. „Weshalb will deine Mutter mich sehen?"

Ihre Augen zitterten. Sie hatte schlecht geträumt, von der Hölle und so.

„Du auch?", fragte er verwundert.

Sie senkte den Kopf. Auch von ihrem Stiefvater in der Hölle.

„Weiß das deine Mutter?"

Sie hob nicht den Blick. Sie hatte nachts geschrien und da wollte Mama alles wissen.

„Aber du hast nicht gesagt, dass wir Blutsbrüder sind?!"

Jetzt sah sie ihn an, erstaunt und empört. Das doch nicht!

„Was hast du ihr alles gesagt?"

Sie schüttelte den Kopf. Nur von ihrem Traum. Mehr nicht.

Dann wollte ihre Mutter mehr von ihm wissen und er

wünschte, er brauchte sie nicht zu besuchen. Aber sie merkte, dass er nicht wollte, und sah ihn so bittend an, dass er versprach, am Sonntag in die Marienkirche zu kommen. Nach der 10-Uhr-Messe würde sie ihn mit ihrer Mutter abholen.

Am Sonntag ging er mit Omi in die Marienkirche und versuchte vor ihr zu verbergen, wie aufgeregt er war. Die Buchstaben im aufgeschlagenen Gesangbuch flimmerten. Was wollte Julias Mutter von ihm? Er hatte Julia den Höllentraum erzählt, also hatte er Schuld, dass sie nachts schrie. Würde sie mit ihm schimpfen, mit Muttel reden oder - das wäre das Schlimmste - dem Stiefvater alles sagen?! Wenn der wusste, dass Jan ihn in der Hölle gesehen hatte, würde er durchdrehen. Jan konnte er nichts mehr anhaben, also würde er alles abkriegen.

Er sah, wie der Kaplan auf die Kanzel stieg und hörte, wie er darüber sprach, dass man in dieser schweren Zeit Gott vertrauen musste. Er fühlte sich angesprochen. Es war auch für ihn eine schwere Zeit und er hoffte mit ganzem Herzen, dass Gott ihm helfen würde. Aber erst als sein Blick auf das farbige Kirchenfenster fiel und er deutlich Jan erkannte, der ihm zunickte, fühlte er sich getröstet. So beruhigt, sang er eifrig die Lieder bis zum Schluss.

Es war so warm geworden, dass nach der Kirche alle das abnahmen, was ihnen zu viel erschien, die Männer die Jacken und Krawatten, die Frauen die

Tücher, die um ihre Schultern lagen. Julia aber blieb bei ihrem Schal und schien zu frösteln. Sie hatte eine Erkältung, sagte ihre Mutter mit dem hin und her wippenden Hut. Sie stellte sich mit großem Lächeln Omi vor und hoffte, dass sie nichts dagegen hätte, dass sie ihren Enkelsohn zum Mittagessen entführte. Er hatte zu Hause Bescheid gesagt und sie waren einverstanden gewesen, weil ihnen Julia gefiel. Außerdem hatte Muttel in ihrem Büro nachgefragt und herausgefunden, dass Julias Eltern zu den besseren Kreisen gehörte. Deshalb wurde er für den Besuch fein gemacht und mit der Mahnung verabschiedet, sich so zu benehmen, dass sie stolz auf ihn sein konnten.

Er ging mit Julia und ihrer Mutter zum Vorplatz, wo kein Wagen parken durfte, doch da stand ihr Mercedes, in den er hinten einsteigen sollte, wo schon Julia saß. Als er im weichen Leder versank, berührten sich ihre Knie, und es war wie ein elektrischer Schlag, der sie auseinander stieß. So blieben sie sitzen, Julia schaute die ganze Zeit aus dem Fenster, während ihre Mutter auf ihn einredete. Sie drehte sich sogar manchmal zu ihm um und dachte nicht daran, langsamer zu fahren. Ihr Fuß lag auf dem Gaspedal, ihre Hand auf der Hupe. So rasten sie mit quietschenden Reifen und gellendem Tuten über die enge Straßen. Zum Glück gab es am Sonntag nicht viel Verkehr. Aber ihm brach der Schweiß aus den Poren, obwohl die Scheiben heruntergekurbelt waren. Er traute ihrer Fahrkunst nicht. Julia schien es nichts auszumachen. Sie rührte sich nicht und starrte weiter aus dem Fenster. Gleichzeitig musste er sich die Fragen ihrer Mutter anhören, die alles über seinen Vater wissen wollte. Dass er Jagdflieger war, bewunderte sie über alle Maßen. Er sagte ihr nicht, dass er nie zu Hause war.

Im Hausflur ihrer Villa hing ein großes Hirschgeweih, das er sich gern angesehen hätte, aber ihre Mutter nahm ihn in die Bibliothek mit. Sie würde gern ein wenig mit ihm plaudern, bevor es ans Essen ging. Er hätte doch hoffentlich Hunger.

Er nickte, obwohl er keinen Hunger hatte. Er schaute sich nach Julia um, die aber in die Küche musste, um der Köchin Bescheid zu sagen, dass sie alles für das Essen vorbereiten sollte. Ihre Mutter bat ihn, in einem Sessel Platz nehmen, in dem er wieder versank. Der Raum war voll von hohen Bücherschränken, vor denen er sich klein fühlte. Sie holte aus einer Vitrine eine Flasche Wein und goss in das Glas ein, das sie vor sich stellte. Ob er auch was zum Trinken wollte, eine Limonade? Er schüttelte den Kopf und starrte auf ihr goldenes Medaillon, das wie eine Flamme hochschoss und niedersank. Sie hob das Glas, nahm einen Schluck und noch einen und machte „Ah!" und lehnte sich zurück. „Wie schön, dass du gekommen bist! Dass du als Jans letzter Freund ihm immer noch die Treue hältst, ist gut und brav."

Warum sprach sie so feierlich? Das war ihm unangenehm.

„Nun hast du nicht nur mit Jan Freundschaft geschlossen, sondern auch mit Julia. Die leidet, wie du sicher weißt, sehr unter dem Tod ihres Zwillingsbruders. Dass du ihr in dieser schlimmen Zeit beistehst, ist ebenfalls gut und brav."

Sie wischte sich den Schweiß von der Stirn und auch er holte das Taschentuch heraus, das Omi ihm zum Glück mitgegeben hatte. Er fühlte sich nicht gut, was auch an der Hitze lag, die sich wie ein Tuch auf ihn legte, so dass er kaum atmen konnte. Sie beugte sich zu ihm mit einem großen und schiefen Lächeln. Sie hatte ihn kommen lassen, um mit ihm über Julia zu sprechen, die das nicht wollte, die auch nicht dabei sein wollte. Es war ja auch nicht einfach mit ihr. Sie schlief schlecht, kam nicht zur Ruhe, aß wenig, fiel in der Schule ab, obwohl sie vorher die beste Schülerin gewesen war. „Sie hat mir gesagt, dass sie von der Hölle träumt."

Natürlich! Das musste kommen! Er wollte aber nicht antworten, starrte lieber auf ihr goldenes Medaillon, das wie ein Irrlicht hin und her leuchtete.

Sie räusperte sich. „Nun weiß ich von Julia, dass du dabei warst, als Jan starb. Was genau hast du von ihm gehört?"

Er hatte die Frage erwartet und konnte doch nicht richtig antworten, weil das Hitzetuch sich um seinen Kopf legte. „Ach, nicht schlimm, im Fieber gesprochen, nicht ernst nehmen", hörte er sich mit ächzender Stimme stammeln, was peinlich war.

Ihre Augen trübten sich. „Julia nimmt es aber ernst! Sie glaubt, dass Jan vor seinem Tod die Hölle gesehen hat."

Also auch das! Warum hatte Julia das gesagt? Warum musste er zu ihrer Mutter kommen? „Angst!" war das einzige Wort, das er herausbekam.

„Wer hat Angst?", rief sie ungeduldig.

Er musste genauer sprechen. Also versuchte er zu erklären, wie die letzten Ölung Jan Angst gemacht hatte. Weil der Kaplan von der Hölle gesprochen hatte. Aber mit der Beichte und der Ölung war alles gut. Ihm konnte nichts mehr passieren.

Sie lächelte, aber nicht fröhlich. „Ach Hans, das weiß ich doch! Das Problem ist Julia. Sie träumt von der Hölle, will aber nicht darüber sprechen."

Ich will auch nicht, dachte er.

Sie hob ihr Glas, trank es aus. „Ich habe nachts neben Julias Bett gestanden und ihr Schreien gehört. Sie hat von ihrem Stiefvater gesprochen. Sie hat ihn in der Hölle gesehen!"

Oh Gott! Er hatte es geahnt, und jetzt kam es tatsächlich! Aber er wollte damit nichts zu tun haben.

„Hans!" Sie sah ihm eindringlich in die Augen. „Julia hat es von dir! Du hast gesagt, dass Jan seinen Stiefvater in der Hölle gesehen hat!"

Ob sie es schon dem Stiefvater gesagt hatte?

Sie ließ ihn nicht aus den Augen. „Dein Vater ist Jagdflieger, nicht wahr?"

Er nickte, musste gegen einen Kloß kämpfen.

„Er fliegt gefährliche Manöver! Er setzt für Deutschland sein Leben aufs Spiel, für dich, für mich, für uns! Was glaubst du wohl, wie ihm zumute ist, wenn er hört, dass sein Kind ihn in der Hölle sieht?!"

Er würde nie sagen, dass er seinen Vater in der Hölle sah! Aber er konnte nur keuchen.

Sie drehte das leere Glas, das über den Tisch schabte. Zum ersten Mal sah er ihr Medaillon über ihre Brust rutschen. „Dein Vater und Julias Stiefvater sind jederzeit bereit, für Deutschland zu kämpfen. Du siehst ein, dass man sie und die Hölle nie in einem Atemzug nennen darf!"

Es musste aus ihm heraus, er würde sonst bersten, und da es keine Worte sein konnten, schossen ihm die Tränen aus den Augen. Er empfand es als große Erleichterung. Endlich wurde das Klebrig-Stickige weggewaschen, das ihn eingekleistert hatte. Er wollte nicht aufhören.

Julias Mama war aufgestanden. Er hörte sie über sich aufseufzen, dann fuhr ihre Hand über sein Haar. Er ließ es geschehen. Sie konnte mit ihm machen, was sie wollte. Sie konnte ihn sogar in den Arm nehmen, wenn sie wollte. Am besten freilich wäre es, sie würde mitweinen.

Sie aber sagte: „Nun hör mal mit dem Weinen auf! Du willst doch ein Junge sein, flink, zäh und hart! Und später wirst du wie dein Vater für Deutschlands Ehre kämpfen, nicht wahr?"

Er erschrak und hob sein verträntes Gesicht.

„Sieh mal!" Ihre Stimme wurde wieder sanft, begütigend. „Julia hat mir anvertraut, dass sie in dir einen neuen Bruder sieht. Willst du auch ihr Bruder sein?"

Er nickte.

„Dann sagst du ihr als guter Bruder, dass Jan nie seinen Stiefvater in der Hölle gesehen hat. Hörst du? Du denkst noch einmal genau nach, was Jan vor seinem Tod gesagt hat, und jetzt bist du sicher, dass er nie von seinem Stiefvater in der Hölle gesprochen hat. Hörst du?"

Er nickte wieder, diesmal ohne Willen.

„Was also sollst du Julia sagen?"

Das Medaillon glühte vor ihm. Sein Kopf war leer.

„Nun reiß dich mal zusammen!", fuhr sie ihn an. „Du hast doch vorhin richtig gesagt, dass Jan Angst vor der Hölle hatte und dass er deshalb im Fieber darüber phantasiert hat. Und genau so sagst du es Julia! Aber das mit dem Stiefvater in der Hölle kam Jan nie über die Lippen, nie, hörst du?"

In dem Augenblick sah er Jan. Er schüttelte heftig den Kopf.

„Nein!" Auch Hans schüttelte heftig den Kopf. „Das sage ich nicht, weil Jan es nicht will!"

Sie erstarrte vor Wut und er dachte: Jetzt schlägt sie zu! Aber da erschien Julia in der Tür und meldete, dass alles bereit war. Ihre Mutter stand auf und ihre Augen hielten ihn fest. Sie sagten, was er von Muttel kannte: Na warte, wir sprechen uns noch!

Da es so heiß war, wollten sie im Garten essen. Die Köchin hatte mit dem Küchenjungen einen Grill herausgetragen, auf dem ein aufgespießter Brocken Fleisch sich drehte. Wahrscheinlich war das der Hirsch, dessen Geweih im Flur hing, dachte er. Die Kohle glühte und verbreitete Hitze, aber Julias Mutter war es nicht genug. Sie drehte ungeduldig den Spieß. „Ist ja noch rot!", schrie sie. „Wie lange sollen wir noch warten?!" Sie winkte den Küchenjungen herbei und verlangte von ihm, dass er die Flasche holte. Er verstand nicht, welche Flasche sie meinte, und sie schimpfte, dass er immer noch nicht gut Deutsch sprach. Die Köchin wusste Bescheid und holte die Flasche.

Julias Mutter nahm sie ihr ab, begoss die Kohle und entzündete sie mit einem Feuerzeug. Eine Flamme schoss in die Höhe, die sie entsetzt zurückspringen ließ. Sie steckte die Hand in den Mund. „Habe ich mir doch die Finger verbrannt!", schimpfte sie. Julia lief auf sie zu: „Ist es schlimm?" Ihre Mutter schüttelte den Kopf und sog an ihren Fingern. Dann eilte sie ins Haus zurück und kam mit zwei verbundenen Fingern zurück.

Sie war blass geworden, als sie die Fleischscheiben, die der Küchenjunge mit einem großen Messer abschnitt, verteilte. Hans reichte ihr seinen Teller, den er schief hielt, so dass sein Fleisch abrutschte und auf das weiße Tuch fiel, das den Gartentisch bedeckte. Es gab einen fürchterlichen Fleck, für den er sich tausendmal entschuldigte. Aber man beachtete ihn kaum, denn jetzt stieß Julia ihr Glas um und die gelbliche Flüssigkeit tropfte vom Tisch auf ihr Kleid. Es war wie verhext, alles ging schief, und Hans, der sowieso keinen Hunger hatte, stöhnte bald auf und erklärte, dass er nicht mehr konnte. Julia folgte sofort seinem Beispiel. Ihre Mutter winkte die Köchin zu sich, die mit dem Küchenjungen den Tisch abräumte. Hans hatte das Gefühl, dass Jan ihm zugrinste. Als ob er ihr Essen stören wollte. Weil er sich über seine Mutter geärgert hatte? Oder auch über ihn und Julia?

Sie gingen wieder ins Haus zurück. Sie wollten nicht draußen bleiben, wo es zu heiß geworden war. Er dachte, er könnte nach Hause gehen. Er befürchtete weitere Unglücksfälle. Aber er sollte Platz neben Julia nehmen, die schon auf dem Sofa saß. Ihre Mutter setzte sich ihnen gegenüber und sah sie schweigend an. Dann lächelte sie. „Ich glaube, ihr versteht euch beide schon ganz gut."

Er merkte, dass er rot wurde. Julia schaukelte mit den Beinen und sah ihn nicht an.

„Ihr wollt Freunde sein, weil ihr glaubt, das ist in Jans Sinn."

„Jan hat mir versprochen, dass ich einen neuen Bruder bekomme", sagte Julia.

Das Lächeln im Gesicht ihrer Mutter fror ein. „Es ist nicht so leicht, einen neuen Bruder zu bekommen. Hans gehört nicht zu uns, sondern zu seinen Eltern. Wir können ihn seinen Eltern nicht einfach wegnehmen!"

Julia wippte stärker mit ihren schwarzen Lackschuhen. „Er soll nicht von seinen Eltern weg, er soll aber auch nicht von mir weg!"

„Wir werden nicht immer hier bleiben, Julia! Wenn wir wegziehen und Hans bleibt hier, was willst du machen?"

„Dann bleibe ich hier!" Ihre Lackschuhe standen still, sie schaute ihrer Mutter trotzig ins Gesicht.

Die schüttelte den Kopf und sah sie besorgt an. „Das geht nicht, Julia! Du gehörst zu uns, du musst bei uns bleiben!"

„Jan ist auch nicht bei euch geblieben!"

Ihre Mutter wurde noch blasser. „Sag so was nicht! Ich habe ein Kind verloren. Willst du, dass ich mein zweites verliere?"

Julia senkte den Kopf.

„Bitte, denk auch an mich!", flehte ihre Mutter.

„Ich will es ja nicht", sagte Julia leise. „Aber..." Sie suchte nach Worten. „Wenn Hans nicht mehr da ist, habe ich auch Jan nicht mehr!"

„Sag so was nicht!" Ihre Mutter weinte fast. „Jan ist immer bei uns! In deinem Herzen, in meinem Herzen! Er geht uns nie verloren!"

„Vati ist uns auch verloren gegangen."

Das war zu viel für ihre Mutter. Sie ließ den Kopf fallen und schluchzte hinter vorgehaltenen Händen. Ihre beiden verbundenen Finger zeigten auf ihn, glaubte er und fühlte sich sehr unglücklich. Er hatte ja geahnt, dass noch etwas Schlimmes passieren würde, und wünschte, er wäre nicht gekommen. „Oh Kind!", hörte er es undeutlich. „Warum tust du mir das an?" Sie meinte auch ihn! Er stellte sich vor, es wäre Muttel, und ihm war so traurig zumute, dass er am liebsten mitgeweint hätte. Warum musste er Jan und Julia treffen? Er war in etwas geraten, das größer und stärker war als er und das nicht gut enden würde, das fühlte er. Aber als er auf Julia sah, auf den schmollenden Mund und die flatternden Augen, wusste er, dass er ihr beistehen musste. Das war Jans Auftrag gewesen, das hatte er ihm versprochen, deshalb waren sie Blutsbrüder geworden.

Schließlich beruhigte sich ihre Mutter. „Julia!", sagte sie fast streng. „Vati ist uns nicht verloren gegangen, er hat uns verlassen! Mitten in der Nacht musste er weg und ließ mir kaum Zeit für einen

Abschied. Er musste zu seinen Freunden, sagte er. Wir wussten, dass es die Polen waren, und er wusste, dass ich ihm mit euch Kindern nicht folgen konnte. Wir waren immer deutsch gewesen und in seiner Verwandtschaft war nur ein Teil polnisch. Er hat sich für diesen Teil entschieden. Gut, ich konnte es ihm nicht ausreden. Wir hatten ja auch nie gedacht, dass sich die Deutschen und Polen so verfeindeten, dass sie sich gegenseitig umbrachten. Aber so war es, und er hat sich gegen uns entschieden! Er hat uns verlassen, hörst du, Julia? Ich wollte es nicht, er wollte es!"

Aber Julia schüttelte störrisch den Kopf. „Er hat uns verlassen wegen Stiefvater!"

„Nein!" Jetzt schrie ihre Mutter. „Das kam erst später! Weil ich allein war, weil ich mich einsam fühlte, weil ich nicht wusste, wie ich euch Kinder durchbringe. Dein Stiefvater ist ein alter Jugendfreund gewesen, der mir helfen wollte. Aber ich hätte ihn nie geheiratet, wenn dein Vater bei mir geblieben wäre."

Julia sagte nichts. Sie presste die Lippen zusammen und starrte auf ihre Lackschuhe.

„Du denkst, dass Jan euren Stiefvater hasste, weil er für euren Vater gekommen ist. Das ist falsch! Er musste sich an ihn gewöhnen, es war nicht leicht, aber es wurde besser. Er hat sogar Schach mit ihm gespielt."

„Er hat mit ihm nicht geredet", sagte Julia.

„Nur zuletzt nicht, als er krank wurde und ins Krankenhaus kam!" Sie sah Hans an und er duckte sich unter ihrem Blick. „Aber er hätte seinen Stiefvater nie in die Hölle gewünscht!"

Es entstand eine Pause, in der keiner ein Wort sagte. „Hans!", sagte Julias Mutter hart und klar. „Bist du ganz sicher, dass Jan seinen Stiefvater in der Hölle gesehen hat?"

In dem Augenblick war er es überhaupt nicht, aber er erinnerte sich, wie Jan ihm zugenickt hatte und er krächzte Ja.

„Aber du weißt, dass er im Fieber gesprochen hat?"

Er nickte.

„Dass er Angst vor der Hölle hatte und deshalb von der Hölle sprach?"

Er nickte.

„Dass er die Beichte und Letzte Ölung erhalten hatte und deshalb gar nicht an Rache und Hölle denken konnte?"

Er nickte zum dritten Mal.

Julias Mutter wandte sich an ihre Tochter. „Du willst doch, dass dein Bruder im Himmel ist?"

„Ja", sagte sie und es klang kläglich.

„Er kann nur im Himmel sein, wenn er euren Stiefvater nicht in der Hölle gesehen hat!"

Julia ließ den Kopf fallen.

Ihre Mutter stand auf und sah ihn kühl an. „Hans, ich glaube, es ist besser, wenn du jetzt gehst!"

7. Weggehen und Festhalten

Der Pfarrer war für einige Tage verreist, so übernahm der Kaplan den Kommunionsunterricht. Er hielt die Namensliste in der Hand und schaute ihn an. „Hans Matkowski!", rief er. „Gehst du immer noch zum Grab deines viel zu früh verstorbenen Freundes?"

Er bejahte.

„Kinder!", wandte er sich an die Klasse. „Warum ist das so wichtig?"

Alle guckten ihn an und ihm brannte das Gesicht, weil er plötzlich im Mittelpunkt stand, und dann flogen die Finger hoch und alle redeten von den Gräbern, die sie besuchten, und von den Kerzen, die sie anzündeten. Man musste für die Toten beten, denn sie konnten im Fegefeuer sein, sagte Rolf und Dieter meinte, die Toten würden auch helfen, gerade jetzt wo. Er stockte.

„Wir in so schweren Zeiten leben", vollendete der Kaplan und machte ein ernstes Gesicht. Dann ging er zur Tafel und zog in der Mitte einen senkrechten Strich, über den er *Tod* schrieb. In die linke Hälfte schrieb er *das Leben* und darunter *die Schule,* in die rechte Hälfte kam *das Leben nach dem Tod* und darunter *die Kirche.* Das mussten sie abschreiben und dabei wollte er wissen, was sie sich darunter vorstellten. Rolf meldete sich sofort: „Die Schule ist für das Leben da und die Kirche für das Leben nach dem Tod."

„Sehr gut!", lobte ihn der Kaplan und rieb sich vor Freude die Hände. Aber da rief Heinz: „Wo ist der Führer?" Sein Vater sagte, dass der Führer ihr Leben bestimmte.

Der Kaplan bekam ein rotes Gesicht und wischte sich den Schweiß von der Stirn. Er gab zu, dass nicht nur die Schule für das Leben wichtig war, sondern auch der Führer. „Aber nur wenn er weiß, dass Jesus über ihm steht! Denn Gottes Sohn bringt uns das Heil, wie ihr wisst!" Er stieß einen Seufzer aus. „Denkt daran: Das Leben hört nicht mit dem Tod auf, sondern wird nur geteilt, in zwei Teile." Er zeigte auf die Tafel. „Welcher Teil ist wohl wichtiger?"

Wieder rief Heinz dazwischen. Sein Vater sagte, dass man gar nicht wusste, was nach dem Tod kam!

„Oh doch!" Die Augen des Kaplans funkelten. „Glaubt nicht, dass die großen Verbrecher dieser Zeit nicht nach ihrem Tod bestraft werden!"

„Die großen Verbrecher sind die Feinde Deutschlands, nicht wahr?", fragte Heinz.

„Es sind die Feinde Gottes!", antwortete der Kaplan.

„Sie wird die Hölle verschlingen, aber die Freunde Gottes werden Seine unaussprechlichen Freuden genießen." Er ging an die Tafel und stellte sich auf die rechte Seite. „Der erste Teil ist kurz, der zweite lang. Was nützt es uns, wenn wir im ersten, kurzen Teil gut leben, im zweiten, langen aber leiden?"

Er sah Heinz an. Seinem Vater fehlte wahrscheinlich die Vorstellung, wie das Leben nach dem Tod aussah. „Aber ihr (er fasste sie alle ins Auge) wisst das sicherlich besser. Ihr werdet jetzt in schönen Farben malen, wie ihr euch den Himmel oder wie ihr euch die Hölle vorstellt!"

Und damit verteilte er Buntstifte und Papierbögen. Sofort stieg in Hans das Bild hoch, das er häufig genug gesehen hatte. Die Grundfarbe war gelb, darauf setzte er rote und schwarze Flecken, das war das Höllenfeuer. Die Mitte sparte er aus, und in dieses Weiß malte er kohlenglühende Augen, den aufgerissenen Mund, aus dem die Stichflamme hervorschoss, und die Feuerzungen rundherum, die an der Papiermaske fraßen.

Der Kaplan betrachtete lange das Bild. „Schaurig-schön! Etwas ganz Besonderes!" Er hielt das Blatt in die Höhe und alle durften es sehen und alle bewunderten es. So war Hans noch nie gelobt worden, das machte ihn verlegen, freute ihn aber auch. Rolf putzte seine Brille. Das hatte er ihm nicht zugetraut. Volker Wiese hätte es gern für sich gehabt, aber der Kaplan wollte die Bilder in den Eingangsraum der Kirche hängen, dann würde sie jeder sehen, der in die Messe ging.

Nach der Stunde nahm ihn der Kaplan beiseite. „Hast du die Hölle aus einem bestimmten Anlass gemalt?"

Er schüttelte den Kopf. Bloß nichts von Jans Höllentraum sagen!

„Deine Mitschüler haben ja meist den Himmel gemalt, so wie sie sich ihn vorstellen, als Paradies oder Schlaraffenland, wo alle Wünsche in Erfüllung gehen. Dein Bild fällt aus dem Rahmen. Was hast du dir dabei gedacht?"

Er wusste nicht viel vom Himmel, aber wenn er an die Hölle dachte, fiel ihm mehr ein.

„Warum?"

Es wurde ihm wieder so heiß, dass er nicht sprechen konnte.

„Hast du an Jans Tod gedacht?"

Er sah zu Boden.

Der Kaplan seufzte. „Ich kann verstehen, dass dir sein Tod nahe gegangen ist, aber ich kann dir versichern, dass er jetzt im Himmel ist und sich alles wünschen kann, was er will."

Er fuhr über sein Haar, bevor er ging, und Hans atmete auf. Dann erinnerte er sich, dass sein Bild im Eingangsraum der Kirche hängen würde, wo alle es sahen. Wenn Julias Mutter es sah! Was würde sie denken? Was sollte er sagen? Ach, es wäre nur ein Fantasiebild! Sie konnte doch gar nicht wissen, wie er es sich vorgestellt hatte, als er es von Jan hörte. Sie war ja nicht dabei gewesen.

Nachdem er das Höllenbild gemalt hatte, sah er nachts wieder den brennenden Stiefvater, der ihm schon als etwas Vergangenes, Verblasstes vorgekommen war. Jetzt quälte er ihn wieder und ließ ihn schlecht schlafen. Und er dachte an Julia, die er seit einigen Tagen nicht mehr gesehen hatte. Er hatte auf dem Rückweg von der Schule einen Schlenker über den Friedhof gemacht, sie aber dort nicht gefunden. Ob das an ihrer Mutter lag? Sie hatte ihn doch sehr kühl verabschiedet. Als ob sie ihn nicht mehr sehen wollte. Als ob er an allem Schuld hätte. Dabei ging es doch gar nicht um ihn, sondern um Jan! Er hatte ihm zugenickt, er wollte, dass er drüber sprach. Sicher, Jan hatte im Fieber gesprochen, Angst vor der Hölle gehabt und auch nicht an Rache gedacht, und dennoch... Da fiel ihm etwas ein. Omi hatte einmal von Tante Martha, geträumt, wie sie ihr ganz anders vorgekommen war, stumm und blass und ohne Leben, und dann hatte sie geweint, weil sie wusste, dass ihre Schwester gestorben war. Und nach einigen Tagen bekamen sie auch die Todesanzeige. Wenn das bei Jan auch so war, ein Wahrsagetraum, bei dem man wusste, was später passieren würde. Es grauste ihn bei dem Gedanken. Julias Stiefvater war noch nicht tot und wenn er später einmal... Er verstand jetzt aber auch Julias Mutter, die von einem solchen

Traum nichts wissen wollte.

Er erinnerte sich, dass Julia ihm das Haus ihrer Flötenlehrerin gezeigt hatte, das nicht weit von ihrem lag, und er wusste, dass sie am Freitag Nachmittag Flöten hatte. Also sagte er Omi am Freitag, dass der Pfarrer eine Extrastunde für die Kommunionsvorbereitung brauchte und er später von der Schule käme. Das Haus hatte auch einen Vorgarten, und er wusste nicht, ob er die kleine Pforte öffnen sollte, als sie ihm entgegenkam. Ein frohes und erleichtertes Lächeln überzog ihr Gesicht. „Ah gut, dass du kommst, aber ich wusste es!" Ihre Mutter wollte nicht, das sie ihn wiedersah, aber sie hatte so geweint und kein Wort mehr gesagt, dass ihre Mutter meinte, nicht für immer, nur für die nächste Zeit nicht. Aber jetzt war ja die nächste Zeit vorbei! Sie sah ihn an mit den dunklen, nicht die Bahn haltenden Augen und nahm seine Hand, die wieder so schön kribbelte. Es wurde ihm ganz warm vor Glück.

So gingen sie los und er wusste nicht, wohin, aber er fragte auch nicht danach. Er bemerkte nur, dass die Luft vor ihm flimmerte. Vor ihm sah er Pfützen, in die er zu gern hineingestapft wäre. Aber sie lagen weit entfernt und sie verschwammen, wenn er genauer hinguckte, so dass er nicht sicher war, ob es sie überhaupt gab. „Siehst du sie?", fragte er.

Sie lachte. Sie hoffte, es war Wasser. Sie würde es in ihre Hände nehmen und ihr Gesicht reinhalten.

Sie konnten zum Teich gehen, schlug er vor. Er hatte zwar wieder keine Badehose dabei, aber das störte ihn nicht mehr.

Sie sah ihn an und wurde ernst. Sie mussten zum Grab, um Jan zu bitten, dass er Mama umstimmte. Dass sie nichts dagegen hatte, wenn sie sich trafen.

Er nickte und schaute sie an und entdeckte jetzt erst den schwarzen Trauerflor auf ihrem Arm. Sein Blick ging weiter über den Seidenschal um den Hals, die Tasche an der Schulter, das leichte Kleid und blieb an den schwarzen Kniestrümpfen hängen. Sonst trug sie weiße. „So in Trauer?"

Sie musste Jan deutlich machen, dass es ihr ernst war. Er war ihr Blutsbruder und wollte ihnen helfen. Jetzt sollte er ihnen zeigen, dass er es auch konnte!

Was sie am Ende der Straße als verschwimmende Pfützen ausgemacht hatten, verfestigte sich jetzt, wurde größer, schwarz und laut. Man hörte deutlich das Mahlen und Rasseln und Quietschen von Ketten. Es war das Geräusch des unbarmherzigen Vorwärtsrollens, das vor nichts Halt machte. Sie blieben stehen. „Panzer!", sagte er und sie war blass geworden. Sie sahen, dass die Straße vor ihnen abgesperrt war und dass ein Schutzmann mit Handbewegungen den Verkehr nach rechts umleitete. Sie gingen langsam weiter. Vor ihnen krochen die eisernen Kolosse, einer nach dem anderen, gepanzerte Elefanten mit unbeweglichen Rüsseln, aus denen der Tod kommen konnte. An den Seiten hatten sich die Menschen aufgestellt und starrten schweigend auf den Zug. Einige winkten den schwarz uniformierten Soldaten zu, die durch die Luke schauten, an den Kragen blinkte der Totenkopf, eine Frau warf einen Blumenstrauß hoch.

An der Straßenbahnhaltestelle hing ein Zettel. Die Schienenverkehr war wegen des Truppenmanövers für einen Tag eingestellt. Jetzt erst bemerkte er, dass sie die Straßenbahn zum Friedhof gar nicht benutzen konnten. Er hatte gedacht, dass sie wegen der Mittagspause nicht fuhr.

Der Friedhof war von schattenloser Schwüle. An einer Himmelseite ragten Wolken wie schneebedeckte Berge in die Höhe. Von dort kühl und ruhig nach unten zu schauen wäre herrlich! Ob Jan so einen Platz hatten, um auf sie herunterzusehen?

Julia streichelte mit der Hand den Grabstein, aber nur kurz, denn er war heißer, als sie gedacht hatte. Dann stellte sie sich mit gebeugtem Kopf auf und betete: „Wir bitten Dich, lieber Gott, dass Du uns gnädig bist und die Verbindung herstellst zu unserem Bruder Jan. Amen."

„Amen!", wiederholte er und wunderte sich, dass sie so gut beten konnte. Sie holte aus ihrer Flötentasche Tabak und Streichhölzer und er kramte die Pfeife hervor. Dann verkrochen sie sich in die Büsche, die wenigstens ein bisschen Schatten gaben, und sie entzündete die Pfeife, die sie abwechselnd rauchten. Sie nahm das Tuch von ihrem Hals und band es ihm um die Augen. Er durfte nichts sehen. Sie griff nach seinem rechten Zeigefinger. „Gleich gibt es einen kleinen Pikser. Nicht weiter schlimm!" Es war mehr als ein kleiner Pikser, es war ein stechender Schmerz und er fühlte Blut tropfen. Im selben Moment presste sie ihren Finger an seinen.

„Ich habe meinen Finger auch angepiekst", flüsterte sie. „Jetzt mischt sich unser Blut. Jetzt sind wir zusammen. Meine Augen sind auch verbunden."

Es war ihm, als ob er wie ein Vogel auf das Wolkengebirge flog. Dort oben sah er nicht mehr die Sonne, sondern den Mond, der in seiner leuchtenden Pracht am Firmament stand. Er setzte sich auf eine Wolkenbank und wollte nur schauen. Da erst bemerkte er den Jungen, der vor ihm saß. Jan!, rief er erfreut, aber er erhielt keine Antwort. Jan!, rief er noch einmal und beugte sich nach vorn, um seine Schulter zu berühren. Da zerbröselte die Gestalt unter seinen Fingern, er schrie und wachte auf.

Er schaute verwirrt um sich und sah, wie Julia ihren Oberkörper bewegte und dabei stöhnte. Sie murmelte etwas, mal in einem bittenden Ton, mal in einem ärgerlichen. Sie hob die Hände, faltete sie zum Gebet, ließ sie wieder fallen. Dann hustete sie lange, konnte sich gar nicht beruhigen. Als sie ihn endlich ansah, liefen Schweißtropfen über ihr

Gesicht. „Was hat er dir gesagt?"

Er erzählte seinen Traum und schüttelte sich. Wie er vor ihm sich auflöste!

Sie drehte an ihren Zöpfen, um sie zu entknoten. Auch sie hatte Jan von hinten gesehen und er war von ihr weggegangen. Sie hatte gerufen, war ihm nachgelaufen, da hatte er sich umgedreht und die Arme nach ihr ausgestreckt und war verschwunden.

Sie nahm die entknoteten Haare in den Mund und biss darauf. „Warum sagt er uns nichts? Er ist unser Blutsbruder! Meine Gedanken sind deine Gedanken! Er muss uns helfen!" Mit dem Restzopf wedelte sie sich Luft vor das Gesicht. „Er ist mein Bruder und weiß, dass ich Streit mit Mama nicht vertrage. Es kann doch nicht sein, dass er nur zusieht! Wenn er schon die Arme nach mir ausstreckt, soll er mir auch helfen und Mama einen Schubs geben, dass sie mir erlaubt, dich zu sehen."

Sie hat Recht, dachte er.

„Wir müssen noch einmal zu ihm", entschied sie nach einer Weile. „Er muss uns was sagen. Wenn er im Himmel ist, kann er doch ganz leicht meinen Wunsch erfüllen."

Sie fassten sich an den Händen, schlossen die Augen und falteten die Hände. Jeder für sich und kein Mucks! Wer zuerst aufwachte, durfte den anderen nicht stören.

Diesmal drehte sich Jan um. Er konnte sein Gesicht

nicht erkennen, aber er schüttelte den Kopf. Als er sich vorbeugte, um in sein Gesicht zu schauen, wich er zurück. Es war unbeweglich, mit leeren Augen, wie aus Stein! Er hätte Jan nicht ein zweites Mal rufen sollen, dachte er sofort. Als ob sein Kopfschütteln eine Warnung war.

Mit klopfendem Herzen sah er auf Julia, die ihre Augen noch geschlossen hielt. Da er stillhalten musste, bis sie aufwachte, beobachtete er sie. Sie fuchtelte wieder mit den Armen und murmelte Unverständliches. Und sie hustete oft zwischendurch. Es war ihm aufgefallen, dass sie in der letzten Zeit mehr hustete. Wie Jan. Ein schrecklicher Gedanke durchfuhr ihn. Wenn sie nun auch wie ihr Bruder sterben musste! Endlich hob sie den Kopf und ihr Blick war so wehmütig, dass sein Herz noch stärker klopfte.

„Jan sagt, dass wir Blutsbrüder sind und zusammenhalten müssen."

Warum sagte sie es so, als ob sie gleich weinen würde? „Ja natürlich sind wir das!", rief er eifrig. „Wir halten immer zusammen! Nichts kann uns auseinanderreißen!"

Aber ihr Gesicht blieb traurig. „Ich soll immer daran denken, sagt Jan. Und wenn Mama nicht will, soll ich es so wie er machen."

„So wie er", wiederholte er tonlos. Die schreckliche Ahnung, die noch klein gewesen war, wurde groß und schwer.

„Wenn ich will, holt er mich nach."

„Willst du?", rief er erschrocken.

Sie schüttelte den Kopf. Sie wollte Mama nicht verlassen. Es wäre zu traurig. Mama würde nur weinen. Und dabei brach sie selbst in Tränen aus. Er hatte Mühe, seine eigenen zurückzuhalten. Er rieb in seinem Gesicht herum, das schweißnass war. Und dabei erinnerte er sich, was Jan ihm ans Herz gelegt hatte. Er sollte aufpassen, dass sie nicht vom Stiefvater vergiftet wurde. Aber warum sagte er das, wenn er seine Schwester nachholen wollte?

„Jan hat mir gesagt, er will nicht, dass du stirbst", wandte er sich an sie. „Ich soll aufpassen, dass euer Stiefvater dich nicht vergiftet. So wie er Jan vergiftet hat."

Sie wischte die Tränen ab, hob den Kopf und schaute aus Traueraugen. „Er hat ihn nicht vergiftet. Es war sein schwaches Herz."

„Ja, sicher! Aber ich verstehe nicht, warum er dich jetzt nachholen will?"

„Er hasste unseren Stiefvater so wie Vater ihn hasste. Aber ich glaube, er will nicht, dass ich ihn auch hasse. Dann will er mich lieber in den Himmel nehmen, wo man nicht hasst und nicht an Rache denkt."

„Hasst du denn deinen Stiefvater?", fragte er leise und besorgt.

„Nicht richtig", sagte sie ernst. „Aber ich will nicht, dass er mir verbietet, dich zu sehen. Wo du doch für Jan gekommen bist."

Er fühlte sich voller Stolz und Freude, als er das hörte. „Mir soll auch keiner verbieten, dich zu sehen", sagte er feierlich. „Wir halten immer zusammen!"

Das fand sie gut. Wenn sie zusammenhielten, störte sie auch ihr Stiefvater nicht so sehr. Er war zum Glück ja meist nicht da.

Was wohl sein Vater zu Julia gesagt hätte, dachte er. Er war ja auch nie da. Was vielleicht ein Glück war.

Ihre Augen liefen leicht auseinanderliefen und sahen dadurch nicht mehr so traurig aus. „Können wir nicht was machen, dass wir nicht immer daran denken?", fragte sie. „Sonst sind wir trübe Tassen, oder?"

Er dachte an den Teich. Der war trübe, aber erfrischend. Da käme man auf andere Gedanken. Im Wasser stehen und fühlen, wie alles Traurige weggewaschen wurde!

Sie nickte und so gingen sie zum Teich. Aber sie lief nicht, sie schleppte sich vorwärts. Im Wasser würde es sicherlich anders sein, hoffte er. Doch auch nachdem sie angekommen waren, blieben ihre Bewegungen langsam. Sie zog sich stückweise aus, stapfte schwerfällig durch den Schilf, blieb mit hängenden Schultern im Teich stehen, als würde sie frieren. Er hatte sie vom Busch beobachtet, wo er pinkeln musste, jetzt riss er sich das Zeug vom Leib, er konnte es nicht erwarten, in den Teich zu tauchen. Er sprang zu ihr und schubste sie in das Wasser. Er hatte gedacht, sie würde sich wieder in die Spritzmaschine vom letzten Mal verwandeln, aber sie ließ es mit sich geschehen, fiel wie ein Stück Holz um und kam wieder wie Holz nach oben, weil sie leicht war und schwamm. Ihr Blick war immer noch ernst und traurig, aber er war auch irgendwie herausfordernd. Er zog an ihrem Bein, das nass und glitschig war und sich ihm deshalb mühelos entwand. Er tauchte sie unter, aber es war wie Kork, das sofort wieder auftauchte, aber an einer Stelle, wo er es nicht erwartete. Jetzt änderte sich ihr Blick zu einem Du-kriegst-mich-Nie. Das konnte er nicht hinnehmen. Er tat so, als ob er nach links sprang, um sich blitzschnell nach rechts zu werfen. Jetzt hatte er sie und er spürte ihren Körper an seinem. Für eine kleine Sekunde war es ganz still, dann ließ er sie los. Aber sie blieb bei ihm und wollte wieder gefangen werden. Was er tat, und dann war es wieder eine ganz kleine Zeit still und sie hielten den Atem an. Aber zu lange wollte er es nicht haben, so dass er sie wegstieß. Weil sie aber um ihn herumschwamm, wiederholte sich das Spiel noch einige Male, bis er genug davon hatte und zum Ufer trottete.

Als sie später herauskam, sah sie wieder ernst und traurig aus. Sie zog sich nicht an, wie auch er in seiner Unterhose geblieben war, die in der Hitze schnell trocknen würde, setzte sich aber nicht neben ihm, sondern wandte ihm den Rücken zu. „Was hast du?", fragte er.

Sie antwortete nicht.

„Nun sag schon!"

„Du magst mich nicht."

Er konnte sie nur ungläubig angucken. „Aber ich bin doch dein Blutsbruder!", stieß er aus. „Mein Gedanke ist dein Gedanke! Wir gehören zusammen!"

Sie schüttelte störrisch den Kopf. „Du bist etepetete."

Das verschlug ihm den Atem. Schließlich konnte er nur noch sagen: „Das ist Quatsch!"

Aber das brachte sie den Tränen wieder gefährlich nahe. Weil er davon nichts mehr sehen wollte, lenkte er ein: „Warum bin ich etepetete?"

Dazu schwieg sie nur. Sie war wirklich schwierig und störrisch! „Warum?", wiederholte er.

„Weil du dich nicht traust?"

„Was nicht traust?"

Sie senkte die Stimme. „Du hältst mich nicht fest."

Hatte er richtig gehört? „Wie meinst du das?"

Es klang immer noch sehr traurig, fast weinerlich,

als sie sagte, dass keiner sie festhielt, alle weggingen. Vati ging weg, dann Jan und Mama ging zum Stiefvater.

Er starrte sie mit offenem Mund an, weil er daran nicht gedacht hatte. Es war wirklich nicht einfach für sie. Selbst wenn sein Vater oft weg war, so war er doch nicht für immer weg. Und Muttel und Omi waren immer da, er konnte sich auf sie verlassen. Doch sie konnte sich auf keinen verlassen.

„Du kannst dich auf mich verlassen", versprach er ihr. „Ich halte dich fest!"

Sie nickte, blieb aber traurig, als ob sie ihm nicht richtig glaubte.

Wie konnte er sie nur überzeugen, dass sie ihm glaubte? Da fiel ihm ein, dass sie ihm schon einmal vorgeworfen hatte, dass er sich nicht traute. Das berauschende Gefühl, das ihn überströmte, als er ihren Körper im Wasser festgehalten hatte, kam wieder. Er ließ es zu. „Du denkst also ich bin etepetete, weil ich mich nicht traue? Hier, du kannst gucken! Damit du weißt, dass ich nicht etepetete bin!" Er zog seine Unterhose herunter und zeigte ihr, wo er operiert worden war.

Sie warf einen kurzen Blick darauf, dann nickte sie. Endlich war sie nicht mehr so traurig, in ihre Augen kam wieder der alte Glanz. „Ach so", sagte sie. „Das sieht anders aus als bei Jan."

„Und Jan wusste auch, wie es bei dir aussieht?",

hörte er sich zu seinem Erstaunen sagen, denn er wollte es gar nicht.

„Ja, willst du sehen?" Und schon zog sie ihren Schlüpfer herunter.

Nun hatte er das noch nie gesehen, weil Muttel und Omi es immer streng verborgen vor ihm hielten. Jetzt erkannte er, dass es anders war als bei ihm. Sie besaß nicht das, was er besaß. Er hatte sich darüber noch nie Gedanken gemacht. Jetzt begann ihm bewusst zu werden, dass Mädchen anders waren als Jungen, dass es einen wesentlichen Unterschied zwischen Mädchen und Jungen gab.

Sie standen auf und zogen sich schnell an. Seine Unterhose war nicht mehr nass, auch Julia behielt ihren Schlüpfer an. Als sie zur Haltestelle kamen, wurden sie daran erinnert, dass die Straßenbahn nicht fuhr. Wie sollten sie nach Hause kommen? Es würde spät werden und wieder Ärger geben. Sie sah ihn verwundert an. Seine Mutter hatte doch gesagt, dass es ihr nichts ausmachte, wenn er länger am Grab blieb. Ja, entgegnete er, aber er musste rechtzeitig zurück sein. Sonst machte sie sich große Sorgen.

In ihrem Gesicht erschien etwas Störrisch-Wehmütiges. Ihr machte es nichts aus, wenn sie zu spät kam. Sie wünschte sich sogar, dass ihr Mutter sich große Sorgen um sie machte.

Aber sie hatten Glück. Am Bahnhof stand ein Bus, der in ihr Viertel fuhr. Er fuhr aber nicht bis zu ihrer

Haltestelle, sondern nur bis zur Kaserne. Dort wimmelte es von Soldaten, aber auch Panzer standen da, große und kleine Wagen. Und je näher sie nach Hause kamen, desto mehr Soldaten sahen sie. In der Straße, wo die verlassenen Häuser standen, kamen sie nicht weiter. Es gab eine Sperre, wo nur Soldaten durchgelassen wurden. Die zogen in die verlassenen Häuser, trugen Kästen und Säcke, schrien und lachten und vorn stand ein Offizier und schwenkte die Arme wie ein Verkehrspolizist, um das Hin- und Herlaufen zu steuern. Der Platz der ausgebrannten Häuser war voller Panzer und dazwischen kurvten Kübelwagen herum. Was wollten die alle hier? Die Polen, die Ärger gemacht hatten, waren lägst weg. Wenn die zurückkamen, brauchte man nicht so viele Soldaten und Panzer, um sie in die Flucht zu schlagen.

Sie trennten sich und als er nach Hause kam, war Muttel noch nicht da. Omi freute sich, als sie ihn sah. Vom Zuspätkommen war keine Rede. Sie war besorgt, lief unruhig hin und her, murmelte ihr „Nee, nee! Jo, jo! Es ies aso!" Als er sie nach den Soldaten fragte, sprach sie von einem Manöver, aber wie lange es dauerte, wusste keiner.

8. Die Erstkommunion

Nach der Stunde hielt ihn der Pfarrer am Ärmel fest. Sein Gesicht sah ernst aus. Ob er Julia Kaminski kannte?

Er erschrak. Was wusste er von ihr?

„Ich nehme an, du bist mit ihr befreundet."

Er nickte.

„Ihr Vater hat angerufen. Er ist empört über das Bild, das du gemalt hast."

Ihr Stiefvater, dachte er.

„Er hat mir Ungeheuerliches gesagt. Du hättest Julia überredet, dass sie ihren Vater in der Hölle sieht!"

„Nicht ihr Vater, es ist ihr Stiefvater", verbesserte er.

Die Augen des Pfarrers blitzten zornig. „Spielt das eine Rolle, Hans?"

Er senkte erschrocken den Kopf.

„Du weißt, dass kein Mensch sagen kann, wer in die Hölle kommt."

„Ja, Vater." (So sollten sie ihn nennen).

„Es ist eine Anmaßung, Hans, eine schwere Sünde, denn nur Gott allein weiß, wer in die Hölle kommt."

„Ja, Vater."

„Du hast Julia durcheinander gebracht. Sie ist krank geworden. Sie träumt von der Hölle. Dein Bild hat sie noch mehr aufgeregt. Hast du das bedacht, als du dein Bild gemalt hast?"

Er schüttelte den Kopf.

Der Pfarrer griff nach seiner Hand. „Sieh mir in die Augen, Hans!" Er wollte nicht, aber er musste. „Ich möchte dich bitten, dass du für die nächste Zeit Julia meidest."

Er glaubte nicht richtig gehört zu haben. Er hatte das Gefühl, in einem bösen Traum zu stecken, und hoffte auf das erlösende Erwachen.

„Es geht Julia gar nicht gut", sagte der Pfarrer und zog noch stärker an seiner Hand. „Sie leidet an derselben Krankheit, an der auch ihr Bruder gestorben ist. Man muss bei ihr sehr aufpassen."

Er sah Julia vor sich, wie sie darüber gesprochen hatte, dass Jan sie nachholen wollte, was ihn so traurig machte, dass ihm die Tränen hervorquollen.

Der Pfarrer streckte jetzt beide Arme aus und ließ sie auf seine Schultern fallen. Er zuckte zusammen, musste sie aber ertragen. „Hans", sagte er viel freundlicher. „In diesen schweren Zeiten müssen wir alle unser Opfer bringen."

Sein Atem roch nach Knoblauch und Zwiebeln. Aber er konnte nicht den Kopf abwenden, er traute es sich nicht. Doch das Schlimmste war, dass er den Pfarrer nicht verbessern konnte, weil ein Pfarrer immer Recht hatte. Und selbst wenn er es wagte, würde der ihn nicht verstehen. Er würde aber sowieso keinem etwas sagen, was nur ihn und Julia anging. Denn nur Jan und Julia verstanden ihn und er sie und sonst keiner in der Welt. Und jetzt wollten sie ihn noch von ihnen trennen! Das war nicht zu ertragen und so flossen seine Tränen wieder stärker.

„Gott stellt jeden Menschen auf die Probe", sagte der Pfarrer. Gott wollte sehen, ob er Ihm die Treue hielt. Er würde bald Sein Ritter werden. Was immer an Schlägen auf seine Rüstung niederfuhr, er hatte sie standhaft zu ertragen. Gott aber würde seine Treue belohnen, tausendfach belohnen!

In der nächsten Stunde sah der Pfarrer sie düster an. In dieser schweren Zeit mussten sie so leben, wie Gott es wollte, sonst würde Sein fürchterlicher Zorn über die Welt kommen. Deshalb kam es auf sie, die Kinder an, weil Gott sie über alle Maßen liebte. Deshalb mussten die Kinder ein Vorbild sein, mussten ohne Sünde leben. Das war nicht einfach, weil überall die Sünde lauerte und lockte, besonders in dem Bereich, den das 6. Gebot regelte. Hier durften sie nicht zu neugierig sein, nicht alles anschauen und anfassen wollen, was aus gutem Grund verdeckt wurde. Wegen dieser Neugier waren Adam und Eva aus dem Paradies vertrieben worden, wegen dieser Neugier, die kein Geheimnis kannte, wollte man alles entblößen und nackt zeigen. Das war unanständig, unkeusch, schamlos, eine Todsünde, die ungebeichtet den Weg zur Hölle öffnete.

Es war ganz still geworden. Die unruhigen Augen

des Pfarrers huschten hin und her, hafteten sich an Hans. Er konnte den Blick nicht ertragen, senkte den Kopf, überwältigt von Gefühlen, die in ihm stritten und ihn niederdrückten. War das schamlos gewesen, was zwischen ihm und Julia am Teich geschehen war? Kamen sie jetzt in die Hölle, wenn sie nicht beichteten? Es war Neugier, ja, sie wollten alles wissen, sie wollten sich nackt sehen, und das durften sie nicht. Es pochte dunkel in seinem Blut. Aus Neugier hatte er auch mit seinem Organ gespielt und Gott hatte ihn dafür bestraft, mit schrecklichen Schmerzen bestraft. Und Seine Strafe wäre noch schlimmer, wenn er nicht bereute und beichtete, was er mit Julia gemacht hatte.

Er merkte, dass der Pfarrer unzufrieden mit ihm war. Er brauchte nur etwas mit der Antwort zu zögern, schon wurde der nächste drangenommen. So wunderte er sich nicht, dass der Pfarrer nach dem Unterricht mit ihm sprechen wollte. Es ging um Julia, er hatte ihm einige Fragen zu stellen. Er führte ihn in einen Nebenraum, zog die Tür hinter sich zu. Es brauchte keiner ihr Gespräch zu hören.

Es klopfte ihm das Herz, es rauschte das Blut. Was wusste der Pfarrer, was würde er wollen?

„Du weißt, dass es Julia nicht gut geht und ich dich gebeten habe, sie zu meiden, damit sie sich beruhigt."

Er senkte den Kopf.

„Nun höre ich von ihrem Vater, dass du dich nicht daran hältst, dass ihr jeden Tag zusammen seid, dass Julia, von dir angestachelt, elterlichen Geboten trotzt."

Er wollte vieles sagen, aber er konnte es nicht. Er wusste nicht, wie er anfangen sollte.

„Du bereitest dich auf deine Erstkommunion vor, Hans. Wie soll ich dich zulassen, wenn du so offen ungehorsam bist?"

Er erschrak. Die fand schon in zehn Tagen statt und zu Hause trafen sie die letzten Vorbereitungen. Was würden sie sagen und nicht nur sie, sondern die gesamte Verwandtschaft, wenn er nicht zugelassen wurde?!

„Ich kann dich nur zulassen, wenn du mir gehorchst. Ich muss mich auf dich verlassen können!"

„Ja", krächzte Hans.

„Du wirst gehorsam sein?"

Er nickte.

„Gut, ich hoffe, ich kann mich auf dich verlassen." Er sah ihn mit dem eigentümlichen Blick an, den er schon von ihm kannte. „Julia muss gesund werden, aber auch du, Hans, musst gesund werden. Ich fürchte, deine Seele ist schon erkrankt." Er beugte sich vor. „Wenn ein Junge und ein Mädchen lange allein zusammen sind, kann der Teufel die Hand im Spiel haben."

Hans wurde so heiß, dass er sich nicht gewundert hätte, wenn das Höllenfeuer schon unter ihm loderte.

„Schau mich an, Junge und schwöre bei der heiligen Jungfrau, dass dir bei Julia nie unkeusche Empfindungen oder Wünsche gekommen sind!"

Er hielt seinem Blick nicht stand, schüttelte schwach den gebeugten Kopf. Ein kleiner Funken Widerstand war noch in ihm, denn er wollte nicht, dass irgendetwas, das zwischen ihm und Julia vorgefallen war, an fremde Ohren drang.

„Du hast nicht gesündigt durch unkeusche Blicke, unkeusche Berührungen? Du hast nichts Unkeusches mit ihr getan oder zugelassen? Lüge nicht, Junge! Denk an deine Erstkommunion!"

Da konnte er nicht mehr und brach zusammen und weinte bitterlich. Der Stiefvater und der Pfarrer hatten sich gegen ihn verschworen. Was sollte er machen?

Der Pfarrer stand auf und sagte, dass er von ihm ein vollständiges Sündenbekenntnis in seiner ersten Beichte erwartete.

So wartete Hans mit Bangen auf seine erste Beichte. Es wäre noch schlimmer geworden, wenn Omi ihn nicht für die Vorbereitung seines Festes gebraucht hätte. Deshalb dachte er wenigstens nicht die ganze Zeit daran. Denn Omi lief wie eine aufgescheuchte Henne durch das Haus, weil sie nicht mehr das fand, was sie eben noch in den Händen gehalten hatte. Auf Muttel konnte sie nicht allzu sehr zählen. Die musste sich vom Brief erholen, den Vater geschrieben hatte. Er konnte nicht zur Kommunion kommen. Er hatte alles versucht, aber gerade jetzt war es ihm nicht möglich. So verließ sich Omi auf Hans. Es war schließlich sein Fest. Da musste er suchen, ordnen, säubern, einkaufen gehen und sich fügen, weil jedes Kind seinen Eltern gehorchen musste, worauf der Pfarrer viel Wert legte. Sie hatten alle ein Kommunionbildchen geschenkt bekommen, auf dem stand: *Sei treu und gehorsam!* Dann dachte er an den Pfarrer und es ging ihm wieder schlecht.

Schließlich kam der Tag der Erstbeichte. Bevor Hans mit den anderen Jungen der Reihe nach in den Beichtstuhl musste, hielt der Pfarrer einen kleinen Vortrag. Er sprach von einem neuen Anfang. Sie hatten das große Glück, nach der Erstkommunion auch die Firmung zu empfangen, weil der Weihbischof angesichts der schweren Zeiten und der bedrängten Lage von Kirche und Vaterland sie zu Rittern schlagen wollte, zu unerschrockenen Kämpfern Gottes. Vorher aber mussten sie durch gründliches Sündenabwaschen beweisen, dass sie würdig waren, die Rüstung des Glaubens anzulegen.

Er machte eine Pause, sein Gesicht war rot geworden, er wischte mit dem Ärmel über die Stirn. Es genügte ihm nicht, sagte er streng, die Sünden, und besonders die gegen das 6. Gebot, in allgemeiner Formulierung zu hören. Er wollte, dass sie es so ausführlich wie möglich wiedergaben. Daran würde er den Mut jedes einzelnen messen. Er musterte sie mit seinen grauen Augen, die sich zusammenzogen und wieder auf Hans fielen. Er erschrak und es schoss ihm heiß in den Kopf. Der

Pfarrer würde alles über Julia wissen wollen. Und jetzt sagte er auch noch langsam und deutlich, dass nichts so schlimm war wie absichtliches Verschweigen. Das machte nicht nur die Beichte ungültig, sondern war eine Todsünde, die mit der Hölle bestraft wurde.

Der Schweiß überschwemmte Hans. Alles musste heraus, alles!

Im Beichtstuhl fiel er auf die Knie und konnte vor Aufregung nichts sagen. „Nun, mein Sohn?", hörte er die Stimme des Pfarrers. Er konnte ihn hinter dem dunklen Gitter nicht erkennen, roch nur die Zwiebeln und den Knoblauch seines Atems und nahm es willig hin als Beginn seiner Strafe. In Demut und Reue bekannte er seine Sünden, die er schnell aufzählte, und stockte bei denen gegen die Keuschheit. Er schluckte, es half nichts, es musste raus. „Ich habe gesündigt durch unkeusche Blicke und Entblößungen."

„Allein oder mit anderen?"

„Mit anderen."

„Mit Julia Kaminski?"

„Ja, Vater."

Er hörte, wie der Pfarrer sich räusperte. „Wie, mein Sohn?"

„Wir haben uns ausgezogen und uns alles gezeigt."

Für einen kurzen Augenblick war es still. Dann kam

es eindringlich: „Das fängt nicht gut an mit euch beiden. Ihr seid zwar noch Kinder, aber man muss den Anfängen wehren, das weiß du!"

„Ja, Vater."

„Sprich weiter, mein Sohn!"

Aber er wusste nicht weiter. Das Blut rauschte, der Schweiß floss, die Hitzewelle brandete, die Stimme versagte.

„Die Anmaßung!", drang es scharf in sein Ohr. „Glaubtest du nicht zu wissen, wer in die Hölle kommt?"

Die Gedanken flogen kreuz und quer. Er wusste, dass der Pfarrer nicht recht hatte, aber er konnte nicht den richtige Gedanken fassen. Und selbst wenn er ihn gefasst hätte, wäre ihm das Sprechen nicht möglich gewesen. Denn ein Kloß steckte in seiner Kehle.

„Du hast Julias Vater in der Hölle gesehen!", kam es knoblauchstreng zu ihm.

Er beugte den Kopf. Er konnte nur Ja hauchen, obwohl er wusste, dass es so viel zu einfach war.

„Nur Gott allein weiß, wer in die Hölle kommt. Es ist eine Anmaßung, wenn man an Gottes Stelle treten will!" Es war wie die Trompete am Jüngsten Tag. Hans schwieg erschrocken.

Der Pfarrer machte eine kurze Pause und hüstelte. Dann wehte es zwiebelscharf zu ihm. Jetzt würde er ja wohl einsehen, dass es besser war, wenn er und Julia sich nicht mehr sahen.

Er senkte den Kopf noch tiefer.

„Du sollst dich aber nicht nur an das Verbot halten, sondern es freiwillig annehmen, als hättest du es dir selbst auferlegt. Erst dann wird es ein Opfer, das du Gott bringst. Bist du bereit dazu?"

Der Pfarrer blies heißen Atem durch das Gitter, der Drache, der sich seines Opfers sicher ist. Hans war gelähmt.

„Deutlicher bitte!"

„Ja, Vater", hauchte er.

„Mit diesem Opfer, Hans, wirst du würdig sein, den Leib des Herrn zu empfangen."

Der Pfarrer zog sich zurück in das undurchdringliche Dunkel hinter dem Gitter und verkündete ihm zur Buße einmal das Glaubensbekenntnis, dreimal das Vaterunser und dreimal das Ave-Maria. Außerdem sollte er für Jan beten, dass er in Frieden ruhe und im Angesicht Gottes Seine unaussprechlichen Freuden genieße. Darauf machte er das Kreuzzeichen und sprach ihn von seinen Sünden los: *„Ego te absolvo a peccatis tuis in nomine Patris et Filii et Spiritus Sancti."* Dann entließ er ihn: „Der Herr hat dir die Sünden vergeben. Geh hin in Frieden."

Nachdem er die Bußgebete gesprochen hatte,

fühlte er sich zuerst von einer Last befreit. Er hatte sein Opfer gebracht und wurde zu seiner Kommunion zugelassen. Er hatte den Eltern und Verwandten keine Schande gemacht, jetzt konnten sie alle das große Fest feiern. Aber als er die Kirche verließ, kam er sich wie ein Verräter vor. Er hatte Jan und Julia verraten. Sie wollten sich nicht trennen lassen, sie waren durch ihre Blutsbrüderschaft so eng miteinander verbunden, dass kein Mensch zwischen sie treten konnte. Aber er hatte den Pfarrer zwischen sie treten lassen. Er hatte ihm alles gesagt, alles vor ihm schlecht gemacht.

Ihm wurde immer elender zumute, als er langsam nach Hause ging. Überall kamen ihm Menschen entgegen, die redeten und lachten, aber er fühlte sich einsam. Er hatte keine Schwester gehabt, sie auch nicht vermisst. Aber jetzt hatte er eine bekommen und konnte sie nicht halten. Jetzt vermisste er sie. Würde sie ihn nie wieder mit ihren dunklen, leicht aus der Bahn laufenden Augen angucken? Er begann zu weinen und konnte nicht aufhören. Gut, dass er allein war und keiner ihn sah. Nein, gar nicht gut! Er hatte ja keine Freunde, nicht auf der Straße, nicht in der Schule, nicht in der Kirche. Keiner verstand ihn. Nur Julia hatte ihn verstanden, aber er durfte nicht bei ihr bleiben.

Zu Hause lenkten ihn die Vorbereitungen wieder ab. Omi hatte so viele Einladungen verschickt, dass keiner mehr wusste, wer kommen würde. Für die

Erstkommunion ihres Enkelsohnes wollte sie die gesamte Familie um sich haben. Aber es kamen viel weniger, als sie dachte. Denn nicht nur sein Vater musste absagen, auch viele Männer in der Verwandtschaft ließen sich entschuldigen, weil sie in die Wehrmacht mussten. Und deshalb blieben auch ihre Frauen zu Hause. Schließlich wurde die Zahl der Gäste immer kleiner, bis zuletzt die paar Tanten und Großonkel im Wohnzimmer bequem Platz fanden, wenn auch der große Ausziehtisch vom Blockwart ausgeliehen wurde, der sich bei der Gelegenheit sehr großzügig zeigte. Omi seufzte. Sie hatte damit gerechnet, dass im Gasthof neben der Kirche gegessen wurde. Jetzt konnte sie alle bekochen und bebacken. „Se essen alle be ons, derrheeme is halt derrheeme."

Es war schade, dass seine Vettern und Basen zu klein waren, um sich mit ihnen richtig zu unterhalten, dafür genoss er um so mehr die Aufmerksamkeit seiner Tanten und Großonkel, die nicht müde wurden, ihn zu seinem großen Tag zu gratulieren, und schon Anspielungen auf Geschenke machten.

Dann war der große Augenblick da. Mit dem neuen Anzug, den Muttel gekauft und Omi geändert hatte, und der großen Kerze in der Hand zog er zum Altar. Er hörte sein Herz so laut klopfen, dass es im Gewölbe widerhallte. War er wirklich würdig, den Leib des Herrn zu empfangen? Er hatte einmal gesehen, wie ein junger Mann vor dem Altar in

Zuckungen fiel und Schaum auf seine Lippen trat. Er musste weggeführt werden. Und wenn ihm das auch passierte? Aber nichts passierte, ein leichter Druck, als die heilige Hostie auf seine Zunge gelegt wurde, ein hastiges Hinunterschlucken, das war alles. Nein, alles war es nicht, denn jetzt kam der Bischof zu ihm, salbte ihn mit Chrisam und gab ihm mit der Hand den leichten Backenstreich, von dem der Pfarrer schon gesprochen hatte. Das war der Ritterschlag, der ihn darauf vorbereitete, für Gott und Vaterland zu kämpfen und dafür musste er Schläge einstecken. Das gehörte zum Kampf.

Dann trat Julia in der Schar der weiß gekleideten Mädchen, die wie kleine Bräute aussahen, an den Altar. Er konnte den Blick nicht von ihr lassen. War es das letzte Mal, das er sie sah? Das war das Opfer, das er bringen musste. In dieser schweren Zeit mussten alle ihr Opfer bringen, und er sah doch, wie die Männer für ihren Kampf die Frauen zurückließen. Er wollte ein Mann sein, er wollte kämpfen, Frauen störten im Kampf sowieso, da durfte er nicht mehr an Julia denken, da hieß es Abschied nehmen. Mit allen anderen sang er laut die Kirchenlieder. Er war nicht allein, er war in die Schar der Kämpfer aufgenommen.

Auf dem Kirchplatz sah er sie in ihrem wunderschönen Kommunionskeid, eingerahmt von ihrer Mutter in goldenem Schmuck und ihrem Stiefvater in blitzender Uniform. Sie löste sich von ihnen, ließ sich nicht beirren, weil man ihr etwas zurief, sogar festzuhalten suchte, schritt auf ihn zu. Er war wie angewurzelt, rührte sich nicht. Da traf ihn ihr Blick und es war ein Stich, der durch ihn ging. Aber er erwiderte ihn nicht, schüttete langsam den Kopf. Er sah, wie sie blass wurde, den Tränen nahe etwas sagen wollte, während er am liebsten im Erdboden versunken wäre. Das war die große Versuchung, jetzt musste er standhaft bleiben, jetzt musste er Gott sein Opfer bringen. Sie wandte sich mit einem Ruck von ihm ab, ging langsam zu ihren Eltern zurück.

Mit dem Gefühl, der großen Versuchung widerstanden zu haben, nahm er in der Familienfeier die Geschenke, Küsse und Umarmungen entgegen. So wurde er als Held zum großen Kampf verabschiedet, so nahm er die Huldigungen seiner Gefolgsleute entgegen. Und sie machten es gut, das musste er zugeben. Noch nie hatte er eine so große und prächtige Feier erlebt. Das Wohnzimmer wurde zum Festsaal, in dem viele edle Menschen ihm zutranken und Glück und Erfolg wünschten. Er würde ihre Erwartungen erfüllen, ihre Achtung verdienen. Denn er war auf den Kampf gut vorbereitet. Er hatte die Rüstung des Glaubens angelegt und das Schwert Gottes in die Hand genommen. Wer konnte ihn besiegen?

Nachts wachte er auf und merkte, wie ihm die Tränen über das Gesicht flossen. Er hatte geträumt, wie er in die Kirche gelaufen war, um Julia zu sehen. Es war wie verhext. Eine Menge Leute umringten sie, es gab Händeschütteln und Ausrufe. Aber Julia guckte nicht in seine Richtung. Schließlich schritt sie weiter, ihr Gesicht war kreideweiß, die Augen schwarz wie Kohle. Sie lächelte nicht, sie sah ihn nicht. Er hatte das Gefühl, sie konnte ihn nicht sehen, weil es ihn gar nicht gab.

9. Abschied

Julias Blick ließ ihn nicht los. Es war ein Stich, der ihn ins Herz getroffen hatte. Er fühlte sich zu nichts mehr fähig, wäre am liebsten im Bett geblieben, unter Kissen und Decken vergraben und vergessen. Ja, es gab ihn nicht mehr, sollte ihn auch gar nicht geben, weil er seine Blutsbrüderschaft verraten hatte, das, was für ihn am wichtigsten im Leben war. Und Gott? Hatte er Gott nicht dieses Opfer bringen müssen? Ja, aber doch nicht für immer! So gemein konnte Gott nicht sein, dass Er ihn für immer von Julia fernhalten wollte. Er hatte es am Tage seiner Erstkommunion getan, das würde Gott genügen.

Ob der Pfarrer damit einverstanden war? Er würde das nächste Mal nicht mehr bei ihm beichten, sondern beim Kaplan, das stand fest. Und Julias Eltern? Ihr Stiefvater wäre sicherlich dagegen, konnte ihn ja auch gar nicht leiden, aber er war zum Glück nicht immer da, vielleicht schon wieder weg. Denn in diesen Tagen mussten viele Männer von zu Hause weg, das sah er auch in der Schule, wo viele Lehrer fehlten, weil das Manöver noch größer sein musste, als sie dachten, so dass sie Pfingstferien bekommen hatten, die es vorher nicht gab. Und die Frauen hatten auch viel zu tun. Muttel kam oft später von der Arbeit zurück und erzählte, wie sie das Verdunkeln der Fenster geübt hatten und in den Keller geflüchtet waren, der bombensicher gemacht wurde.

Aber das Wichtigste war Julia selbst. Würde sie ihm verzeihen, dass er sie vor der Kirche übersehen, ja weggestoßen hatte? Sie musste doch denken, dass er von ihr nichts mehr wissen wollte! Aber das war falsch, grundfalsch! Er hatte es doch nur wegen des Pfarrers getan! Ob sie das verstehen würde? Er hätte es ihr vor der Kirche sagen sollen. „Ich mache es nur wegen des Pfarrers!" Das hätte genügt. Aber wäre es dann noch ein Opfer gewesen?

Sonst konnte er sich auf Jan verlassen. Aber er erschien ihm nicht mehr, weder in der Nacht, noch am Tag. Er hatte ihm seinen Verrat übel genommen, übersah ihn, wie er seine Schwester übersehen hatte. Obwohl er ihm doch versprochen hatte, auf sie aufzupassen! Nein, mit ihm war nichts los. Kein Wunder, dass alle Welt ihn übersah, die es plötzlich so eilig hatte, hin und her lief und gar nicht merkte, dass er nicht mitmachte, sondern sich lieber in eine Ecke verkroch oder in sein Bett vergrub. Und da merkte er, dass Julias Blick nicht nur weh tat, sondern ihn auch irgendwie tröstete, weil er ihm das Gefühl gab, etwas Besonderes zu sein, herausgehoben zu werden aus der Menge der anderen. Es war etwas, was nur er besaß, was keiner ihm wegnehmen konnte.

In der Nacht weckte ihn das Geräusch vorbeirasselnder Panzer. Der Mond schien durch sein Fenster. Es war ein Halbmond, der ihm wie ein Ohrensessel vorkam. In dem saß Jan und schaute bequem und gemütlich auf die ganze Welt. Winkte er ihm nicht zu? Er konnte es nicht erkennen, weil er zu müde war. Dann hörte er Jan lachen. Er sollte sich keine Sorgen wegen Julia machen. Es würde alles gut werden.

Am Pfingstsonntag ging er mit Muttel und Omi in die Kirche. Es ergab sich bestimmt die Gelegenheit, Julia zu sehen. Aber sie kam nicht. Nur ihre Mutter war zu sehen und sie hatte es sehr eilig. Er merkte aber, dass sie einen Blick auf ihn warf und schnell wieder wegzog. Sie wollte nicht mit ihm sprechen, ja sie wollte nichts mit ihm zu tun haben.

Dann musste er selbst herauszufinden, wie er Julia sehen konnte. Die Zeit hatte er, weil er noch nicht zur Schule musste. Omi blieb zu Hause, aber ihr konnte er sagen, dass er in die Kirche ging, um Gott zu bitten, dass er Vater heil nach Hause schickte. Dafür gab sie immer die Erlaubnis. Nur hielt sie das für einen so guten Vorschlag, dass sie selbst mitkommen wollte. Damit hatte er nicht gerechnet. Aber er wollte das Beste daraus machen. Er würde Gott bitten, ihm die Erlaubnis zu geben, Julia wiederzusehen.

Vor der Kirche stand der Pfarrer, der Omi ansprach. Er dachte, er könnte sich unbemerkt davonmachen, weil ihm der Anblick des Pfarrers unangenehm war, als der ihm am Arm festhielt. Er freute sich, dass er in die Kirche kam und sich so, wie er sah, von Julia fernhielt. Das war sicherlich nicht einfach, doch dann sollte er daran denken, dass Jesus die unschuldigen Kinder liebte. Er nahm sie auf in Sein Himmelreich. Deshalb sollte er alles daran setzen, sich die kindliche Unschuld und Reinheit zu bewahren.

Hans nickte schnell und entwand sich ihm und war froh, in die Bank zu fallen, weil sein Herz so stark klopfte. Er hätte am liebsten seinen Arm gewaschen, so abscheulich war ihm der Griff des Pfarrers gewesen. Und wie er mit ihm gesprochen hatte! Er war zum Ritter geschlagen worden, sollte ein Kämpfer, ein Mann sein, und jetzt wollte er ihn zum kleinen, reinen Kind machen! In dieser schweren Zeit, wo alle Männer bereit waren, ihr Leben für Gott und Vaterland zu opfern, sollte er ein kleines Kind sein. Er kniete sich nieder, um zu beten, fühlte sich aber durch das Brabbeln zweier alter Frauen gestört. Sie schauten mit bebrillten Augen in ihre Gebetbücher und bewegten unaufhörlich die Lippen. Würde er nicht auch so enden, wenn er dem Pfarrer folgte?

Er schloss die Augen, presste die Hände auf die Ohren. Jetzt von Gott hören, wie er Julia wiedersehen konnte! Aber ihm ging etwas anderes durch den Kopf. Er war zum Ritter Gottes gemacht worden, nur wusste er nicht, gegen wen er kämpfen sollte. Die Männer, ja, die wussten, gegen wen sie kämpfen mussten, die hatten die Feinde des Vaterlandes vor Augen. Sein Vater kämpfte im Flugzeug, Onkel Theo im Panzer und Onkel Gottlieb im U-Boot. Aber er war zu klein dafür, ihm würde keiner eine Waffe in die Hand drücken. Da traf ihn Julias Blick, der schmerzliche Blick! Und er wusste, dass er nicht gegen einen Feind, sondern für einen Freund kämpfen musste, für Julia! Natürlich! Das hatte er ja auch Jan versprochen: Er wollte dafür kämpfen, dass nicht auch sie vergiftet wurde. Sie musste bei ihm bleiben, durfte nicht ihrem Bruder folgen, was der bestimmt nicht wollte. Und Gott wollte auch nicht, dass ein Mensch freiwillig aus seinem Leben schied. Das hatte der Pfarrer gesagt: das war Selbstmord und eine Todsünde. Also musste er Julia wiedersehen, um sie davon abzuhalten, und Gott war sicherlich damit einverstanden, würde sich sogar freuen, wenn er sie von einer Sünde fernhielt.

Er drehte sich um. Omi stand vor dem Marienaltar, wo sie am liebsten betete, der Pfarrer war nicht zu sehen. Er zwängte sich aus der Bank, schlich aus der Kirche. Zu Hause stand sein altes Fahrrad, eher ein Kinderfahrrad, aber er brauchte es jetzt. Er pumpte es auf, stellte den Sattel höher, schwang sich drauf, doch es klapperte erschreckend. Er zog die beiden Schutzbleche ab, die am Reifen kratzten und lose an den Schrauben hingen. Jetzt knarrte nur noch die Kette. Er erinnerte sich an Omis Nähmaschinenöl, von dem er ein paar Tropfen nahm, damit sie nichts merkte. Es konnte losgehen.

Zuerst nahm er sich Julias Haus vor. Das war gar nicht so einfach. Die Hauptstraße war gesperrt, auf ihr rasselten wieder die Panzer und davor und dahinter rollten viele große und kleine Autos, vollgepackt mit Soldaten. Das kreischende Malmen der Ketten war so laut, dass keiner was sagen konnte. Staub und Steinchen wirbelten hoch, der Dunst wurde noch stickiger und er musste husten wie viele andere auch. Aber dann geschah etwas, was die Köpfe nach oben riss: Schwärme von Flugzeugen durchschnitten keilförmig, pfeilförmig die Luft, die sich eben noch schwer auf sie gelegt hatte. Er atmete befreit auf und dachte an Vater. Ob er sie besuchen kam?

Die Villa stand schweigend und drohend vor ihm. Keiner ließ sich blicken, alles war verschlossen. Wenn er wüsste, wo ihr Zimmer war, würde er ein Steinchen gegen ihr Scheibe werfen. Eine Botschaft konnte er auch nicht hinterlassen, weil er nicht wusste, ob sie die bekam. Oder waren sie schon ausgezogen, umgezogen? Der Stabsarzt konnte sie mitgenommen haben. Wer weiß, wo sie jetzt wohnten?

Bedrückt suchte er die nächsten Plätze auf, wo er sie finden konnte, aber er glaubte nicht mehr daran. Irgendetwas machte ihn so traurig, dass er Mühe hatte, auf die Pedalen zu treten. Das Haus der

Flötenlehrerin war nicht weit, aber das sah auch verschlossen und verlassen aus. Dennoch klingelte er. „Ja?", rief es durch die Tür, die sie nicht öffnete. Er fragte nach Julia.

„Die ist krank."

Oh Gott, er hatte es geahnt! „Liegt sie im Krankenhaus?"

„Das nehme ich an. Und wer bist du?", hörte er durch die Tür.

„Ihr Bruder."

„Aber der ist doch tot!"

Das war ihm über die Lippen gerutscht! Er machte, dass er davonkam. Aber er wusste, dass sie im Krankenhaus lag. Bei dem Gedanken brach ihm der Schweiß aus. Es war schon so heiß, musste es noch heißer werden? Doch er durfte nicht zögern, sicherlich war sie in der Kinderabteilung, wo Jan und er gelegen hatten. Es war nicht schwer, durch den Eingang zu schlüpfen, so viele Menschen kamen und gingen, dass keiner auf ihn achtete. Er sah bald, dass es den Kindersaal nicht mehr gab. Der wurde, obwohl er fast noch leer war, für Soldaten gebraucht. Die Kinder lagen in einem kleinen Raum, der früher eine Abstellkammer für medizinische Geräte gewesen war. Er suchte atemlos nach Julia. Er fand sie unter dem einzigen kleinen Fenster, blass, still mit trüben Augen, die zitterten, als sie ihn erkannten.

„Warum bist du hier?", krächzte er. Schon wieder war der Kloß in der Kehle.

Sie antwortete nicht, aber ihre Augen schossen unruhig hin und her und fanden nicht zusammen.

„Was ist passiert?", fragte er heiser.

Wie zur Antwort begann sie zu husten, keuchend, quälend, mit wimmernden Pfeiftönen, die ihm durch Mark und Bein gingen. Er dachte an Jan. Auch er hatte so gehustet. Er beugte sich über sie. „Du musst gesund werden!"

Sie beruhigte sich nur langsam, hielt die Augen geschlossen. Ihr Kopf pendelte nach beiden Seiten. Als glaubte sie nicht, dass sie wieder gesund wurde.

„Doch, doch! Du wirst gesund, wenn du willst!"

Sie flüsterte etwas, was er nicht verstand. Sie wiederholte es kaum hörbar: „Jan will mich holen."

Er fuhr zurück. Er hatte es geahnt, aber es durfte nicht sein! „Nein!", schrie er so laut, dass die anderen Kinder zu ihm sahen. Er senkte schnell die Stimme zu einem leisen Krächzen. „Jan will dich nicht holen! Er will, dass du am Leben bleibst! Er hat es mir selbst gesagt!"

Es kam kein Wort von ihr. Wie ein Häufchen Elend lag sie vor ihm, die glänzenden Haare waren stumpf geworden, die Arme auf der Bettdecke erschienen schlaff und schwach. All das Lebhafte und Unbändige in ihr war verschwunden, auch die

Augen blickte müde und traurig, fielen aus ihrer Bahn, von nichts mehr gehalten. Auf ihrer Stirn perlten Schweißtropfen, die platzten und zu fließen begannen.

„Ich soll aufpassen, dass du nicht auch vergiftet wirst", flüsterte er aufgeregt. „Dann hätte euer Stiefvater das, was er haben will, dann hätte er eure Mama allein für sich."

Sie bewegte kaum den Kopf. Aber ihre Augen richteten sich auf ihn. „Du willst ja nicht!"

„Doch, doch!" Jetzt musste er auch husten, weil es in ihm würgte. Aber es war befreiend, weil der Kloß sich auflöste. Sie glaubte das von ihm, weil er ihr vor der Kirche nicht geantwortet hatte. „Das war doch der Pfarrer!", rief er und scherte sich nicht um die anderen Kinder. „Ich musste es, sonst konnte ich nicht zur Kommunion!"

Das Leuchten kam in ihre Augen zurück, die wie aufgescheuchte Vögel zu hüpfen begannen. „Warum?" Ein erneuter Hustenanfall unterbrach sie.

„Warum ich es dir nicht gleich gesagt habe? Es war doch ein Opfer!", murmelte er und kam sich sehr schuldig vor, weil er sah, wie sie sich quälte. „Jetzt ist es vorbei!", beeilte er sich hinzuzufügen. „Jetzt bleibe ich bei dir."

„Willst du?", fragte sie matt.

„Klar! Wir sind doch Blutsbrüder! Hast du das vergessen?"

Sie schien zu nicken. Sicher war er nicht, weil ihr Kopf hin und her ging. Aber er war sicher, dass er ihr helfen musste. Er schaute um sich. Die düstere, enge, nur von dem kleinen Fenster beleuchtete Kammer bedrückte ihn. Hier würde sie nie gesund werden, hier würde ja jeder krank werden! Er kniete sich zu ihr nieder, weil es keinen Stuhl gab, und flüsterte, weil es keiner hören dufte: „Du musst raus!"

Ihr Kopf war still. „Wie?"

„Heute Nacht hole ich dich raus!", flüsterte er kurz entschlossen. Er hatte es sich nicht überlegt, der Gedanke war ihm erst jetzt gekommen, aber er fühlte, dass Jan es wollte.

„Gut!" Auch auf ihrem Gesicht breitete sich Entschlossenheit aus. „Wir gehen zu Jans Grab. Er soll sagen, was er will."

Sie hatte es lauter und deutlich als zuvor gesagt. Als ob sie fast wieder gesund wäre. Er sah erschrocken auf die drei anderen Kinder. Die stöhnten oder schliefen vor sich hin. Die bekamen nichts mit.

„Hast du was zum Anziehen?", fragte er leise.

Sie nickte und zeigte auf den Schrank. Dort hatten die Kinder ihre Sachen, sie einen Mantel und Pantoffeln, wenn sie zum Klo musste. Das würde genügen, dachte er. Es kühlte ja auch nachts kaum ab.

„Ich komme heute Nacht und dann gehen wir zu

Jan", flüsterte er und stand auf. Dass es nachts war, machte ihm keine Sorgen. Muttel und Omi würden es nicht merken, aus seinem Fenster konnte man leicht in den Garten gelangen. Und im Krankenhaus war immer Betrieb, da würde sich auch ein Weg finden.

Es war tatsächlich nicht schwer. Es klappte alles, als müsste es so sein. Er hatte das deutliche Gefühl, dass Jan es wollte. Es war Vollmond. Er schien durch das Fenster in seine Augen, als er aufwachte und wusste, dass es Zeit war. Er brauchte ihm nur zu folgen, denn er stand über dem Krankenhaus. Ob er es nur träumte? Keiner schien ihn zu bemerken. Am Eingang saß ein Pförtner, der den Kopf nicht hob, als er an ihm vorbeihuschte. Auf der Treppe eilten zwei Krankenschwestern an ihm vorbei. Julia saß schon angekleidet auf ihrem Bett, die anderen Kinder schliefen. Sie fassten sich an den Händen und liefen einfach hinaus. Und, oh Wunder!, auch jetzt brauchten sie nur dem Mond zu folgen, der über dem Friedhof schien. Ja, seine Strahlen fielen genau auf Jans Grabstein, der funkelte und glitzerte, als wäre er ein kostbarer Diamant.

Sie blieben stehen. Er hielt noch ihre Hand fest, die in seiner zuckte, wie sie überhaupt am ganzen Leib zitterte, obwohl es so warm war, dass ihm der Schweiß ausbrach. „Jan will mich!", sagte sie heiser. „Nein!", rief er und zog sie an sich. „Jan will das nicht!" Sie löste ihre Hand aus seiner und schüttete etwas auf sie, das sie aus ihrer Manteltasche geholt hatte. Es war Brausepulver, das sie zuerst aus ihrer Hand, dann aus seiner ableckten. „Denk an Jan!", flüsterte sie.

Als er die Augen hob, sah er ihn. Er stand zwischen Grabstein und Gebüsch, das bleiche Gesicht auf den Mond gerichtet, nach dem er beide Hände ausstreckte. Hans folgte unwillkürlich seinem Blick. Der Mond, der eben noch ruhig und kühl am Himmel stand, hatte sich in einen riesigen Feuerball verwandelt, der größer wurde, näher kam, auf sie stürzte, so dass er schon seine Hitze spürte und wusste, dass er im nächsten Augenblick wie alles auf der Welt verbrennen würde. „Nein!", schrie er entsetzt und wachte auf.

Die Sonne schien in sein Gesicht. Er hatte verschlafen! Er sprang auf, zog sich hastig an, übersah Omis Frühstück, stürmte an ihr vorbei, schwang sich auf sein Fahrrad. Diesmal war es nicht so einfach, ins Krankenhaus zu gelangen. Der Pförtner hielt ihn auf, wollte seinen Namen wissen. Hans zögerte nicht. Er wäre der Bruder von Julia Kaminski, die in der Kinderabteilung lag. Der Pförtner sah ihn misstrauisch an. „Unser Vater ist Stabsarzt!", sagte Hans und bemühte sich, stolz auszusehen. „Hm!", machte der Pförtner und ließ ihn durch.

Eine Krankenschwester versorgte die Kinder. Er musste draußen warten. Als sie aus der Tür trat, schüttelte sie den Kopf. Julia war gerade eingeschlafen, brauchte unbedingt Ruhe, durfte nicht gestört werden. Ihr Blick wurde schärfer. Wer er überhaupt war?

Ihr Bruder, antwortete er sofort.

Ihr Gesicht drückte Erstaunen aus. Ein Bruder? Na, dann sollte er mit seiner Mutter wiederkommen.

Das wollte er nicht. Er verschwand in der Toilette, wartete eine Zeitlang, schaute nach links und rechts, von der Krankenschwester keine Spur. Er betrat leise den Kinderraum. Julia schlief tatsächlich, bewegte sich aber hin und her, hatte die Fäuste geballt. Wie Jan, dachte er traurig. Als er sich über sie beugte, schlug sie die Augen auf. „Du bist nicht gekommen", flüsterte sie.

„Ich habe verschlafen", murmelte er. Er hätte weinen mögen.

„Ich auch!" Sie schien fast zu lächeln. Ihr Gesicht sah plötzlich sehr ruhig aus. Wenn sie auch sehr bleich war.

„Du willst doch nicht zu Jan?!", fragte er erschrocken.

„Jan braucht mich", flüsterte sie. „Es ist ihm zu langweilig."

„Nein!", rief er wieder viel zu laut, so dass die anderen Kinder sich umdrehten. „Nein!", wiederholte er leiser. „Jan will das nicht!"

„Jan." Sie stockte und sagte etwas, was er nicht

verstand. Dann kam kaum hörbar etwas von einem Feuer, das überall brannte, auf der ganzen Welt.

Er wich erschrocken zurück. Wie in seinem seinen Traum! Der Mond war ein gewaltiger Feuerball geworden, der auf die Erde stürzte. „Feuer! Was meinst du mit Feuer?"

Sie antwortete nicht, schloss die Augen. Sie wollte nicht mehr mit ihm sprechen, hatte vielleicht auch nicht die Kraft dafür. Und er fühlte sich so traurig wie nie zuvor. Denn er wusste, dass sie ihm verloren gehen würde wie Jan. Bei dem Gedanken bäumte sich alles in ihm auf. Das durfte und konnte nicht geschehen! Er versuchte mit aller Macht an Jan zu denken, ihn zu bitten, seine Schwester nicht zu sich zu nehmen. Aber es gelang ihm nicht. In seinem Kopf wirbelten die Gedanken und wollten sich nicht auf ein Ziel lenken lassen.

Die Tür knarrte und er fuhr herum. Julias Eltern traten ein und sie alle erstarrten für eine Sekunde. Der Stiefvater warf einen finsteren Blick auf ihn, der aber nicht bei ihm blieb, sondern über ihn hinweg ging. „Was für ein Loch!", knurrte er. „Musste man sie hier unterbringen?"

„Du warst ja nicht hier", sagte Julias Mutter.

Der Stiefvater schüttelte den Kopf. „Sie kann hier nicht bleiben." Sein Blick richtete sich wieder auf ihn. „Hast du vergessen, was du dem Pfarrer versprochen hast?"

So war das also, dachte Hans. Er hatte mit dem Pfarrer gesprochen und der machte sofort, was er wollte. Und der sprach von Unschuld und Reinheit!

Julia bewegte sich im Bett. Ihre Mutter eilte zu ihr, beugte sich über sie. Als sie sich wieder aufrichtete, war sie blass geworden, auch das Goldmedaillon leuchtete nicht mehr.

„Was ist los?", fragte der Stiefvater.

„Sie möchte, dass Hans sie besucht."

Der Stiefvater fuhr unruhig über seinen Mund. „Wenn es sie aber wieder aufregt?!"

Julias Mutter rieb mit den Händen an ihren Schläfen. „Ich fürchte, es regt sie mehr auf, wenn Hans nicht kommt!"

Der Stiefvater nahm ein Taschentuch und zog es über die Stirn. „Es muss sowieso alles anders werden. Aber solange sie hier ist, kann er kommen."

Aber Hans wollte nicht bei ihm bleiben. Er würde später wiederkommen. Jetzt musste ihm Jan helfen.

Als er vor seinem Grab stand, war das Wetter umgeschlagen, dunstig und schwül geworden, die Sonne kaum zu sehen, so dass auch der Himmel auf ihm lastete. Er hätte nichts dagegen gehabt, mit seinem Bleigewicht im Erdboden zu versinken. Wenn Jan seine Schwester zu sich nahm, wäre es mit der Blutsbrüderschaft zu Ende. Dann würde er beide verlieren. Wie sollte es mit ihm weitergehen?

Er ließ sich in das Gebüsch hinter dem Grabstein fallen. Es war ungerecht, ihn so fallen zu lassen. Blutsbrüder sollte man für immer sein, nicht nur für eine kurze Zeit. Er hatte sich zwar auch nicht immer daran gehalten, weil er dem Pfarrer nachgeben musste, doch das würde nicht mehr vorkommen, das versprach er hoch und heilig. Aber Jan hatte ihm versprochen, auch nach seinem Tod noch bei ihm zu sein. Dann sollte er ihm jetzt helfen.

Er schloss die Augen und sah ihn. Er stand wieder am Rand einer dunklen Grube, aus der Feuer und Rauch nach oben stieg. Viele Menschen standen neben ihm und einer nach dem anderen fiel hinein. Sie wehrten sich nicht dagegen, sondern sprangen freiwillig. Sie hoben die Arme und schienen zu jauchzen, manche machten sogar einen Kopfsprung. Als ob sie in der Badeanstalt wären und ins Schwimmbecken sprangen! Sahen sie denn gar nicht das Feuer und den Rauch? Jetzt sah er den Stiefvater in blitzender Uniform, mit streng gescheiteltem Haar, in seinem Arm lag Julias Mutter. Plötzlich sprangen sie beide in die Tiefe. Julia wollte ihnen nachspringen, aber Jan hielt sie fest.

Er wollte nicht, dass sie sprang, dachte er, als er mit klopfendem Herzen zu sich kam. Was bedeutete das? Dass sie nicht in den Tod sprang und so am Leben blieb? Das wäre wunderbar, das wäre die Antwort, die er erhofft hatte. Aber er konnte sich nicht freuen. Etwas sagte ihm, dass es so nicht war.

Aber was war es? Jan!, flehte er. Sag es mir!

Er erhielt keine Antwort. Er sah und hörte nichts mehr von ihm.

Am nächsten Tag kam er zwar an dem Pförtner vorbei, der gerade in einem Gespräch vertieft war, aber vor der Tür des Kinderraums stand die Krankenschwester. Sie musterte ihn mit kleinen, triumphierenden Augen. Julia Kaminski war nicht mehr da. Und er war auch nicht ihr Bruder! Deshalb brauchte sie ihm nicht zu sagen, wo sie jetzt war.

„Doch!", krächzte er und der Schweiß brach ihm aus allen Poren. „Ich muss es wissen!"

„Wende dich an ihre Mutter!", sagte sie und segelte in ihrer gestärkten Schwesternuniform davon.

Er glaubte ihr nicht, wollte ihr nicht glauben, aber als er nach einer Zeit wiederkam und in den Kinderraum schlüpfte, fand er ihr Bett leer.

Auch ihr Haus war leer, jedenfalls von seinen Bewohnern. Diesmal klingelte er sogar, keiner kam an die Tür. Er umrundete das Haus, warf Steinchen an ein, zwei obere Fenster, wo er Julias Zimmer vermutete, aber nichts rührte sich.

Zu Hause empfing ihn bedrückendes Schweigen. Muttel und Omi hatten Post bekommen. Sowohl Vater als auch Onkel Josef wollten sie besuchen, aber der Urlaub war ihnen nicht genehmigt worden. Wegen der Zuspitzung der Krise waren die Truppen in höchste Alarmbereitschaft versetzt worden, hieß es.

In er Nacht weckte ihn der Mond und er wusste, dass er auf dem Friedhof erwartet wurde. Er fand Julia vor dem Grab, aber sie sah ihn nicht an, weil sie einen Hustenanfall hatte, der sie schüttelte. Er konnte nur daneben stehen und warten, bis sie sich beruhigte. „Bald wird es vorbei sein!", ächzte sie.

„Dein Husten?"

„Warte ab!"

Sie setzte sich auf sein Fahrrad und er hatte das Gefühl, noch nie so schnell gefahren zu sein. Da stand ihr Haus und glitzerte im Mondschein. Sie führte ihn gleich durch die Tür, die sich vor ihnen zu öffnen schien, und brachte ihn in Jans Zimmer, das sie unverändert gelassen hatten. Alles war so geblieben, als würde er jeden Moment hereinkommen. Sie zog aus einem Schrank eine halblange Hose, ein Hemd und einen Pullunder. Die sollte er anziehen.

Er verstand nicht, warum. Da erst fing sie an zu erklären. „Wenn du genau wie Jan aussiehst, wird er in dir sein und sagen, was wir machen müssen."

„Und was machst du?"

Sie würde sich auch wie Jan anziehen. Damit er in ihr sprach. Wenn sie beide dasselbe hörten, konnte es keine Täuschung sein. Sie mussten sich nur wie Jan fühlen.

Er wusste nicht recht, was das sollte. Es kam ihm doch sehr eigenartig vor.

„Wir versuchen es."

Ihre Augen zogen schräg an ihm vorbei. Es sah so hilflos aus, dass er nicht Nein sagen konnte. Also zog er seine Lederhose und sein kariertes Hemd für die Kleider von Jan aus. Die waren frisch und rochen gut und er dachte, es wäre besser, sich vorher zu waschen. Das tat er doch nicht, weil er Julia nicht fragen wollte.

Sie hatte sich schon wie Jan angezogen, in seinem Schrank hingen genug Kleider. Sie ging zum Fenster und zog die Vorhänge zu, der Mond durfte nicht hereinscheinen. Sie nahm ihr Halstuch, band es ihm um die Augen, wie sie es schon einmal gemacht hatte, sie würde ihre Augen auch bedecken. Jeder setzte sich auf seinen Stuhl, stützte sich mit den Ellbogen auf dem Tisch, hielt den Kopf in den Händen und wartete. Er hatte wieder das flaue Gefühl im Magen, so dass er wusste, mit Jan rechnen zu können.

Er kam durch die Tür und lachte. Sie sollten die Tücher abnehmen, das wäre doch lächerlich. Hans staunte. Er hatte Jan nur krank, sterbenskrank erlebt, hier aber lief er gesund und fröhlich auf sie zu, als wäre nichts passiert. Julia stand auf, hielt ihm die Hände entgegen, die Jan nahm, um sie an sich zu ziehen. „Na endlich!", sagte er. „Gut, das du gekommen bist!", rief Julia. Dann, mit ausgestreckten Armen und zurückgeworfenen Köpfen, drehten sie sich, schneller, immer schneller, bis ihre Zöpfe sich lösten und die Haare wie eine dunkle Fahne hinter ihr flatterten.

Ihm war so schwer zumute, dass er sich nicht rühren konnte. Endlich krächzte er: „Und ich?" Sie tanzten wie ein Wirbelwind durch die Tür hinaus, doch da drehte sie sich nach ihm um. Ihr Blick traf ihn. „Wir sind doch Blutsbrüder!", sagte der. „Wir vergessen dich nicht!" Da wusste er, dass sie sich in den Himmel tanzten und ihn eines Tages nachholen würden. Das tröstete ihn in seinem Schmerz. Die dunkle Fahne, die hinter ihr her flatterte, löste sich, flog auf ihn zu, bedeckte ihn. Er bekam keine Luft, riss sie von sich, fuhr hoch und saß in seinem Bett. Er wusste sofort, was der Traum bedeutete. Jetzt überwog der Schmerz. Was nützte ihn ein ferner Trost, wenn Julia nicht mehr da war? Er warf den Kopf in das Kissen, das er gerade von sich gestoßen hatte, und begann zu weinen. Er wollte nicht aufhören.

Am nächsten Morgen wollte er nicht aufstehen. Omi befühlte seine Stirn, sein Handgelenk. „Hast en bissel Fieber!"

Ihm war es egal.

Aber was sie dann sagte, war ihm durchaus nicht egal. In der Nacht brannte das Haus des Stabsarztes Dr. Wolfahrt. Hatte er nicht die Feuerwehr gehört?

„War denn einer drin?", fragte er atemlos.

„Zom Glöck necht!" Der Stabsarzt war mit seiner Sanitätstruppe im Manöver, wo sie ein Feldlazarett zusammenstellen sollten. Und Julia war mit ihrer Mutter am Meer, wo sie sich erholen sollte. Das hatte sie vom Pfarrer. „Was haste denn, meen Buxlik?", unterbrach sie sich.

„Also ist Julia nicht tot!", rief er.

„Warom soll se tot sen?", wunderte sie sich.

Weil er gesehen hatte, dass Jan mit ihr in den Himmel tanzte. Aber das konnte er ihr natürlich nicht sagen.

„Was ziehste für 'n Fluntsch?", fragte Omi.

Er blickte aus dem Fenster in die Richtung, wo sie gewohnt hatte. Er verstand nicht, warum ein leeres Haus brannte.

Omi zuckte die Achseln. Es hieß, dass es die Polen waren, aber sie glaubte es nicht. Dann sagte sie geheimnisvoll: „Wenn's Gott will, dass was abbrenna sull, trag's mit Geduld, bes der ä Lecht uffgeht!"

„Wie meinst du das?", fragte er verwundert.

Sie antwortete nicht, schüttelte nur den Kopf und ging hinaus. Er folgte ihr in die Küche. „Meinst du, weil Gott das Feuer will?" Er erschien in einem brennenden Dornbusch. Das hatte der Pfarrer gesagt.

Omi seufzte. Bei Gott wusste man nie. Er war eben größer als die Menschen. Aber es gab Zeichen von Ihm und die musste man lesen.

„Kannst du sie lesen?", fragte er. Er hätte es zu gern gekonnt.

Sie sah ihn an. Ihr Gesicht erschien ihm sanft und gütig. „Du bruchst nur de Ohren un Oogen offen zu halten, es gebt genog Zeechen.

„Was für Zeichen?", fragte er. Die Augen und Ohren offen zu halten erschien ihm leicht. Nur worauf sollte er achten?

Sie lächelte. „Du wärst schon seen."